I0761387

MUERTES HISTÓRICAS
FEBRERO DE 1913

MARTÍN LUIS GUZMÁN

Muertes históricas
Febrero de 1913

© 2014, Martín Luis Guzmán

Diseño de colección: Planeta Arte & Diseño / Erik Pérez Carcaño
Fotoarte de portada: Creado con imágenes de © Getty Images
Fotografía del autor: cortesía de los herederos de Martín Luis Guzmán

Derechos reservados

© 2025, Editorial Planeta Mexicana, S.A. de C.V.
Bajo el sello editorial JOAQUÍN MORTIZ M.R.
Avenida Presidente Masarik núm. 111,
Piso 2, Polanco V Sección, Miguel Hidalgo
C.P. 11560, Ciudad de México
www.planetadelibros.com.mx

Primera edición impresa en México: julio de 2025
ISBN: 978-607-39-2989-9

No se permite la reproducción total o parcial de este libro ni su incorporación a un sistema informático, ni su transmisión en cualquier forma o por cualquier medio, sea este electrónico, mecánico, por fotocopia, por grabación u otros métodos, sin el permiso previo y por escrito de los titulares del *copyright*.

Queda expresamente prohibida la utilización o reproducción de este libro o de cualquiera de sus partes con el propósito de entrenar o alimentar sistemas o tecnologías de Inteligencia Artificial (IA).

La infracción de los derechos mencionados puede ser constitutiva de delito contra la propiedad intelectual (Arts. 229 y siguientes de la Ley Federal del Derecho de Autor y Arts. 424 y siguientes del Código Penal Federal).

Si necesita fotocopiar o escanear algún fragmento de esta obra diríjase al CeMPro (Centro Mexicano de Protección y Fomento de los Derechos de Autor, http://www.cempro.org.mx).

Impreso en los talleres de Litográfica Ingramex, S.A. de C.V.
Centeno núm. 162-1, colonia Granjas Esmeralda, Ciudad de México
Impreso y hecho en México – *Printed and made in Mexico*

Muertes históricas

TRÁNSITO SERENO DE PORFIRIO DÍAZ

Por abril o mayo de 1915 don Porfirio y Carmelita volvieron a París. Mejor dicho, volvió entonces a París todo el pequeño núcleo de la familia: ellos dos, los Elízaga, los Teresa, y Porfirito con su mujer y sus hijos. La explosión de la Guerra Mundial los había sorprendido mientras veraneaban en Biarritz y en San Juan de Luz, y a casi todos los había obligado a quedarse en las playas del sur de Francia el resto del año de 1914 y los cuatro primeros meses de 1915.

En París don Porfirio reanudó su vida de las primaveras anteriores. Fue a ocupar con Carmelita —y los Elízaga, como de costumbre— su departamento de la casa número 28 de la Avenida del Bosque.

Todas las mañanas, entre nueve y diez, salía a cumplir el rito de su ejercicio cotidiano, que era un paseo, largo y sin pausas, bajo los bellísimos árboles de la avenida. Generalmente lo acompañaba Porfirito; cuando no, Lila; cuando no, otro de los nietos o el hijo de Sofía. Su figura, severa en el traje y en el ademán, había acabado por ser a esa hora una de las imágenes características del paseo. Cuantos lo miraban advertían, más que el porte de distinción, el aire de dominio de aquel anciano que llevaba el bastón no para apoyarse, sino para aparecer más erguido. Porque siempre usaba su bastón de alma de hierro y puño de oro, tan pesado que los amigos solían sorprenderse de que lo llevara. «Es mi arma defensiva», contestaba sonriente y un poco irónico.

Cada semana o cada quince días, Porfirito alquilaba caballos en la Pensión de la Faissanderie, próxima a la casa, y entonces, montados los dos, prolongaban el paseo hasta el interior del bosque. Aquellas caminatas, lo mismo que las otras, le sentaban muy bien: le vigorizaban su salud, ya bastante en declive, de hombre de ochenta y cinco años; le entonaban el cuerpo; le alegraban el espíritu.

Por las tardes, salvo que hubiera que corresponder alguna visita, se quedaba en casa. Era la hora de escuchar las noticias de los periódicos, que le leía *el Chato*, y de escribir o dictar cartas para los amigos que todavía no lo olvidaban. Porfirito llegaba a poco, y entonces era éste el encargado de la lectura, o, juntos los dos, o los tres —y a veces también con algún amigo—, estudiaban la marcha de la guerra y veían en unos mapas plantados de banderitas blancas y azules las posiciones de los ejércitos.

De la colosal contienda europea, a don Porfirio sólo le interesaba lo estrictamente militar, y esto en sus fases de carácter técnico. Sobre el posible resultado humano y político, ni una palabra. No tenía preferencias por unos ni por otros, o, si las tenía, las callaba, acaso por iguales sentimientos de gratitud hacia franceses, ingleses y alemanes, que lo habían recibido con análogos extremos de cordialidad. Francia lo acogió con los brazos abiertos; el Káiser le pidió que viniera a sentarse a su lado; en El Cairo, lord Kitchener lo recibió oficialmente en nombre del gobierno inglés.

Un día a la semana su distracción eran los nietos, a quienes profesaba cariño profundo, si bien un poco reservado y estoico. Porfirito, que vivía en Neuilly llegaba con ellos desde por la mañana, para alargarles la estancia con el abuelo. Aunque Lila se mostraba siempre la más afectuosa, él prefería al primogénito, que era el tercer Porfirio.

Por las mañanas, o por las tardes —o a comer con él, con Carmelita y los Elízaga—, a menudo venía también María Luisa, la otra cuñada, a quien acompañaba a veces su hijo José. Lo visitaban con asiduidad Eustaquio Escandón, Sebastián Mier, Fernando González, la señora Gavito. De cuando en cuando se presentaba algún otro mexicano de los que vivían en París o que por allí pasaban.

Carmelita lo acompañaba siempre, salvo en la hora del ejercicio matinal. Se desayunaban a las ocho, comían a la una, cenaban a las nueve, se acostaban a las diez. Como el departamento no era muy grande —se componía de un recibimiento, una sala, un comedor, dos baños, cuatro alcobas— aquella vida, sosegada y uniforme, transcurría en una atmósfera de constante intimidad y de un sabor netamente mexicano. Porque a toda hora se entretejía allí con la vida diaria, en lo importante y en lo minúsculo, la imagen de México, y aun había presencias accesorias, y otras, mudas, que la evocaban. El cocinero, el criado, las recamareras eran los mismos que con don Porfirio habían salido al destierro desde la calle de Cadena. Algunos de los muebles habían estado en Chapultepec.

También las conversaciones giraban alrededor de México, pero no de México como entidad actual, sino de un México convertido en sustancia del recuerdo. Era Oaxaca, era la Noria, eran matices o anécdotas de la vida, ya lejana, y tan diferente, que se había quedado atrás. Sonriendo recordaba él al viejo Zivy asomado a la puerta de «La Esmeralda» y diciéndole a sus empleados: «Pongan el cronómetro a las ocho menos tres minutos: allí viene el coche de don Porfirio». A veces comentaba alguna frase de don Matías Romero, o de Justo Sierra, o lo que en tal ocasión había tenido que hacer Berriozábal, o Riva Palacio. De lo del día, de la lucha regeneradora o asoladora —unos se lo insinuaban de un modo, otros de otro—, no había para qué hablar. En esto su juicio era terminante: «Será buen mexicano —decía— quienquiera que logre la prosperidad y la paz de México. Pero el peligro está en el yanqui, que nos acecha.» De allí no había quien lo sacara ni quien se saliera. Sólo un suceso le merecía juicios en voz alta: el crimen de Victoriano Huerta. Lacónico, lo declaraba execrable; y concluía luego, para no dar tiempo a más amplias opiniones: «¡Pobre Félix!»

A mediados de junio empezó a sentirse mal. Le sobrevino la misma desazón de dos años antes en Biarritz, la misma fatiga, los mismos amagos de bronquitis y de resequedad en la garganta. Pero ahora lo acometían más fuertes mareos al mover súbitamente la cabeza y se le nublaba más lo que estaban viendo sus ojos. Le zumbaban los oídos al grado de ahuyentarle el sueño. Se le dormían los dedos de las manos y de los pies.

Por de pronto no hizo caso: su hábito le ordenaba no enfermarse. Luego, consciente de que su malestar se acentuaba, mandó llamar al doctor Gascheau, un médico del barrio, que ya lo había atendido de alguna otra dolencia, ésa más leve, y que le inspiraba confianza y simpatía.

A él Gascheau le dijo que aquello no era nada: el cansancio natural de los años; convenía evitar todo ejercicio, todo esfuerzo; debía descansar más. Pero a Carmelita y Porfirito el médico no les disimuló lo que ocurría: era la arteriosclerosis en forma ya bastante aguda. Como dos años antes en Biarritz, quizá el enfermo se sobrepusiera y se aliviara; pero había más probabilidades de que eso no sucediese.

Don Porfirio dejó de salir. Ahora se estaba sentado en una silla que le ponían junto a la ventana. Desde allí miraba los árboles de la avenida, que diariamente lo habían acompañado en sus paseos. Se entretenía en escribir, de su puño y letra, una que otra carta. Le contaba a Teodoro Dehesa los detalles de su mal. Cansado o absorto, volvía la vista hacia la ventana; contemplaba las puestas del sol.

Cerca de él siempre, Carmelita le conversaba para distraerlo. Procuraba que los temas, variando, lo interesaran. Esfuerzos inútiles; a poco de abordar ella cualquier asunto, el pensamiento de don Porfirio y sus palabras ya estaban en Oaxaca o en la Noria. «¡Cómo le gustaría volver!» «Allá le gustaría descansar y morir.»

El cuidado por el enfermo aumentó las visitas; pero se procuraba abreviarlas para que no lo fatigasen. Él pedía que le trajeran a los nietos y que los tuvieran jugando allí: eso no lo cansaba. Llegaba Lila con sus halagos; venía el segundo Porfirito a dejarse querer. Había un recién nacido; Luisa, la nuera, se acercaba a la silla, le ponía en las piernas al niño, y entonces él se quedaba mirándolo en ratos de profunda contemplación.

Para ocultar un poco la inquietud —porque todos estaban inquietos y temían revelarlo— Porfirito y Lorenzo comentaban entre sí la guerra, o con Carmelita, o con Sofía, o con María Luisa, o con José. Don Porfirio atendía unos instantes y luego tornaba a su obsesión: «¿Qué noticias había de Oaxaca?» «Otros años, por esa época, la caña de la Noria ya estaba así» —aseguraba levantando la mano—. Se detenía en el recuerdo de su madre y de su hermana Nicolasa, o evocaba conversaciones y escenas de tiempos ya muy remotos: «Borges, el segundo marido de Nicolasa, le había dicho una vez esto o aquello.»

El 28 de junio tuvo que guardar cama, pero no porque algo le doliera o le quebrantara particularmente, sino porque su desazón, su fatiga eran tan grandes que apenas si le dejaban ánimos de hablar. El hormigueo de los brazos, la sensación de tener como de corcho los dedos de las manos y de los pies, le atacaban ahora más a menudo. Procuraba no mover bruscamente la cabeza para no desvanecerse.

Gascheau, que venía a mañana y tarde, le dijo que sólo eran trastornos de la circulación; que si se sentía mejor en la cama, le convenía no levantarse; acostado sentiría menos los desvanecimientos y no se le nublarían tanto los ojos. «Sí —comentaba él, con acento de quien todo lo sabe—: la circulación», y paseaba la vista por sobre cada uno de los presentes, para quienes, en apariencia, todo seguía igual. Porque realmente sólo los accesos de tos, por la resequedad de la garganta, parecían ser algo mayores.

Cuando se iba el médico, don Porfirio decía, dirigiéndose a Carmelita, la cual no lo dejaba ya ni un instante: «Es la fatiga de ¡tantos años de trabajo!»

El día 29, hablando a solas con Porfirito, Gascheau advirtió que el final podía producirse dentro de unos cuantos días o dentro de unas cuantas horas. El abatimiento físico, no el moral, empezaba a adueñarse de don Porfirio, que ya casi no se movía en su cama. Ahora tenía mareos continuos, y la resequedad de su garganta se había convertido en molestia permanente.

Esa mañana pidió que viniera un sacerdote. Por la tarde le trajeron uno, español —de la iglesia de Saint Honoré l'Eylau—, al cual dijo que quería confesarse. Hizo confesión y en seguida se habilitaron altar y capilla para que comulgase. Además de aquel sacramento, recibió ese día la bendición apostólica, que le trajo el padre Carmelo Blay, un sacerdote mexicano del Colegio Pío Latino de Roma, a quien él conocía. Don Porfirio manifestó extraordinaria beatitud al verlo y puso visible atención a las sagradas palabras. El padre Carmelo Blay también lo ungió con los santos óleos.

A media mañana del 2 de julio la palabra se le fue acabando y el pensamiento haciéndosele más y más incoherente. Parecía decir algo de la Noria, de Oaxaca. Hablaba de su madre: «Mi madre me espera.» El nombre de Nicolasa lo repetía una y otra vez. A las dos de la tarde ya no pudo hablar. Era una como parálisis de la lengua y de los músculos de la boca. A señas, con la intención de la mirada, procuraba hacerse entender. Se dirigía casi exclusivamente a Carmelita. «¿Cómo?» «¿Qué decía?» «¡Ah, sí: la Noria!» «¿Oaxaca?» «Sí, sí: Oaxaca; que allá quería ir a morir y a descansar.»

Se complació oyendo hablar de México: hizo que le dijeran que pronto se arreglarían allá todas las cosas, que todo iría bien. Poco a poco, hundiéndose en sí mismo, se iba quedando inmóvil. Todavía pudo, a señas, dar a entender que se le entumecía el cuerpo, que le dolía la cabeza. Estuvo un rato con los ojos entreabiertos e inexpresivos conforme la vida se le apagaba.

Perdió el conocimiento a las seis. Por la ventana entraba el sol, cuyos tonos crepusculares doraban afuera las copas de los castaños. Los rayos, oblicuos, encendían los brazos y el asiento de la silla y casi atravesaban la estancia. Era el sol cálido de julio; pero él, vivo aún, tenía ya toda la frialdad de la muerte. Carmelita le acariciaba la cabeza y las manos; se le sentían heladas.

A las seis y media expiró, mientras a su lado el sol lo inundaba todo en luz. No había muerto en Oaxaca, pero sí entre los suyos. Rodeaban su cama Carmelita, Porfirito, Lorenzo,

Luisa, Sofía, María Luisa, Pepe, Fernando González y los nietos mayores.

Se llenó la casa con funcionarios de la República Francesa y con delegados de la ciudad de París. Vino el jefe del cuarto militar del presidente Poincaré; se presentó el general Niox, que había recibido a don Porfirio a su llegada a Francia y le había puesto en las manos la espada de Napoleón; desfilaron comisiones de los ex combatientes. Acababa de morir algo más que una persona ilustre: el pueblo de Francia rendía homenaje al hombre que por treinta años había gobernado a otro pueblo; el ejército francés traía un saludo para el soldado que medio siglo antes había sabido combatirlo. Pero eso era el valor oficial: el duelo íntimo quedaba reservado para el país remoto y presente. Porque lo más de la colonia mexicana de París acudió en el acto trayendo su reverencia, y otros hijos de México, al conocer la noticia, llegaron desde Londres, desde España, desde Italia.

Quiso Carmelita que se hicieran honras fúnebres. El servicio religioso, a la vez solemne y modesto, se celebró en Saint Honoré l'Eylau, y allí quedó depositado el cadáver en espera de su tumba definitiva. Año y medio después se sacaron los despojos para llevarlos al cementerio de Montparnasse. El sepulcro es una capilla pequeña, en cuyo interior, sobre una losa a modo de ara, se ve una urna de cristal que contiene un puño de tierra de Oaxaca. Por fuera, en lo alto, hay inscrita un águila mexicana, y debajo del águila un nombre compuesto de dos palabras.

Rugía en México la lucha entre Venustiano Carranza y Francisco Villa. El 2 de julio Carranza recibió en Veracruz un telegrama que lo apartó un momento de las preocupaciones de la contienda. El mensaje venía de Nueva York y, conciso, decía así:

«Señor Venustiano Carranza, Veracruz: Prensa anuncia estos momentos hoy siete de la mañana murió en Biarritz el general Porfirio Díaz.—Salúdolo afectuosamente.— Juan T. Burns.»

México, septiembre de 1938

INELUCTABLE FIN DE VENUSTIANO CARRANZA

I. PABLO GONZÁLEZ

El 5 de mayo por la mañana, la situación política y militar de Venustiano Carranza no tenía remedio.

Las olas del descontento en armas, de la rebelión, de la defección, habían venido propagándose desde las más remotas comarcas del país hasta el interior mismo de los salones presidenciales. Ya no era sólo Calles en Sonora, ni Estrada en Zacatecas, ni Obregón en los estados del Sur, donde las tropas acogían al rebelde y se pronunciaban. Era Pablo González, que se mantenía en Texcoco rodeado de partidarios, como en acecho, y que no necesitaba sino extender la mano para adueñarse de la capital. Y entre tanto, Carranza, aparte de ignorar quiénes lo acompañaban todavía para sostenerlo, y quiénes para traicionarlo oportunamente, veía apartarse de su lado a militares y civiles que horas antes le protestaban adhesión; veía cómo defeccionaban hasta sus regimientos preferidos, aquellos cuyos jefes y oficiales recibían paga y sobrepaga, y cuyos soldados rasos tenían haberes de sargentos.

¿Tan insensato se juzgaba su propósito de entregar la Presidencia a don Ignacio Bonillas, tan criminal su idea, que así lo abandonaban o negaban casi todos? Sola surgía esta pregunta en el espíritu de cuantos entonces penetraban a fondo lo que estaba ocurriendo; sola se le formulaba a él. Y como él sabía historia, bien hubiera podido pronosticar para sí mismo, interrogándose y respondiéndose, cuán funesto habría de serle aquel error, y cómo habría bastado el más somero análisis para entender el vacío a que se asomaba poco a poco.

Porque hay una hora, si se produce, que nunca falla en el derrumbamiento de los gobernantes mexicanos: la mala hora en que se proponen, con olvido de su origen, provocar una repulsa verdaderamente nacional, una negativa a la que después tratan de enfrentarse. Y esa hora la había sonado él queriendo improvisarse un sucesor, y luego la había acortado empeñándose en sacar de la nada, o casi de la nada, al hombre dispuesto a constituirse —de hecho o en apariencia— en heredero de una situación política que nadie, ni el propio Carranza, podía legar arbitrariamente, ya que otros, con muy buenos títulos, también la consideraban suya.

La realidad exterior era así. La realidad en el espíritu de don Venustiano, la que su carácter le imponía. Porque nada superaba en él a su obstinación; nada a su incapacidad para reconocer sus errores. Pudiendo rectificar, ni un minuto pensó en hacerlo, y, menos aún, en rendirse; ni se acordó de la mano que apenas la víspera le había tendido Pablo González a cambio de no llevar adelante el delirio de la imposición. Pensó que le quedaban leales Diéguez en el Norte, Iturbe en Sinaloa, Aguilar en Veracruz —sin considerar que no siempre la lealtad de los jefes asegura la de los soldados—, y se afirmó, inconmovible e impasible, en la evidencia de que el único sendero, como siempre hasta entonces, era el suyo, el que él se trazaba. Es decir, que tuvo la visión de estar cumpliendo un destino —claro y acariciador a la luz de su ceguera— mientras de hecho, inconsciente e implacablemente, caminaba hacia otro, negro y cruel, que estaba aguardándolo.

Aquella tarde, por los informes de Urquizo, comprendió que su estancia en la Ciudad de México era ya insostenible, y esa misma noche, en consejo que más que de gobierno parecía de familia, resolvió trasladar a Veracruz la capital, llevándose allá consigo los otros poderes federales.

Según su hábito, él lo acordó todo. Él dijo que saldrían hacia Veracruz; él, que el viaje se haría por la línea del Ferrocarril Mexicano, resguardada para eso desde días antes por las fuerzas de Francisco Murguía; él, que se iniciaría la marcha a primera hora del día 7; él, que lo acompañarían, además de las tropas, cuantos políticos y burócratas quisieran hacerlo. Un recuerdo lo inspiraba: la evacuación de seis años antes, también hacia Veracruz, cuando la Convención de Aguascalientes lo depuso de la Primera Jefatura. Así hoy: habían de seguirlo todos los poderes, todos los órganos de la administración, todos los funcionarios y empleados, y hasta algunos presos políticos, no pocos muebles de las Secretarías de Estado y parte de la maquinaria de las fábricas militares.

¿Bastaban apenas veinticuatro horas para tamaño proyecto? Tenían que bastar. Así se había decidido, aunque con menos agobio, en noviembre de 1914, y las cosas habían terminado bien.

Muy tranquilo, como si la ansiedad de aquellos preparativos fuera modo de vida normal, don Venustiano dedicó todo el día 6 a resolver con Paulino Fontes los problemas, grandes o chicos, del traslado de su gobierno.

Quienes lo vieron ese día no echaron de menos en él aquel gesto, tan constante y tan suyo, con que gustaba acariciarse la barba morosamente. Lo vieron expresar, ya por las palabras, ya por la actitud, que estaba ocupándose en un asunto casi cotidiano. Para él no se trataba de la fuga de unos poderes políticos tambaleantes bajo el ímpetu de fuerzas avasalladoras e incontenibles, sino de un cambio transitorio de capital en medio de circunstancias adversas; de una maniobra por razones sólo militares. Problema político, trascendental o de fondo para el país, no había ninguno.

Su manifiesto, publicado en los diarios de esa misma mañana, fue claro y terminante, y respiraba, como toda su persona, fortaleza y dignidad. Exponía allí lo impecable de su conducta, hija de sus responsabilidades históricas, hija de la Ley; anunciaba su propósito de no entregar la Presidencia sino legalmente, y eso hasta después de sofocada la rebelión; explicaba cómo su postura sólo era delicada por no saberse con exactitud qué parte del Ejército se conservaba pronta a prestarle apoyo y cuál se disponía a combatirlo de verdad. Y en seguida agregaba: «Se equivocarán quienes me supongan capaz de ceder bajo la amenaza del movimiento armado, por extenso y poderoso que sea. Lucharé todo el tiempo que se requiera y por todos los medios posibles. Debo dejar sentado, afirmado y establecido el principio de que el poder público no debe ya ser premio de caudillos militares cuyos méritos revolucionarios no excusan posteriores actos de ambición.»

Los militares aludidos eran Obregón y Pablo González, caudillos del movimiento que lo había llevado al poder y que ahora ambicionaban el puesto que él disfrutaba desde hacía seis años.

Al día siguiente, con sólo acercarse al Tren Dorado, que iba a conducirlo, pudo darse exacta cuenta de la discordancia entre los hechos y los mandatos de su desmedida voluntad.

En las estaciones todo era confusión y desorden. Habían desertado, no presentándose, jefes de las graduaciones más altas y oficiales de los estados mayores; varias de las unidades habían llegado incompletas; la marcha, que debió iniciarse a principios de la mañana, no daba señales de empezar nunca. Bloqueaban las vías más de sesenta trenes que se estorbaban unos a otros. Faltaban conductores, maquinistas, despachadores. Faltaba lo principal del personal ferroviario, simpatizador de Pablo González o de Obregón.

Dieron las ocho, dieron las nueve. Cuando ya debían encontrarse a muchos kilómetros de la Ciudad de México, no acababa el embarco de hombres, animales y cosas. El movimiento de los andenes seguía impedido por montones de muebles, de cajas, de uniformes; los caballos del presidente no estaban en el tren; su guardia no aparecía por el sitio señalado. Y en medio de aquella batahola llegaban noticias alarmantes: la defección de toda la caballería —cuatro regimientos— destinada a cubrir uno de los flancos al paso de los convoyes por la Villa de Guadalupe. De hecho, el escuadrón de alumnos del Colegio Militar era la única fuerza montada que se hallaba lista y en su sitio.

Total: que no empezaban a rodar los trenes cuando ya se sabía que las tropas de Pablo González estaban entrando en varios de los suburbios, y que no sólo las ayudaban en sus maniobras los informes de los jefes emboscados en la Secretaría de Guerra y en la Comandancia Militar de la Plaza, sino que fraternizaban con ellas los soldados y oficiales que las aguardaban en los cuarteles.

Sereno y calmoso en el coche–salón de su Tren Dorado, don Venustiano Carranza departía con Paulino Fontes. Lo rodeaba su personal político más próximo. Estaban con él ministros, generales, ayudantes de su Estado Mayor.

Urquizo y otros llegaron con la inquietud que les producía tan grande retraso.

—Sí —observó él—; ya debiéramos haber salido.

Y, volviéndose a Fontes, ordenó, alterado apenas su reposo:

—Paulino, haga usted salir los trenes inmediatamente.

Al fin, pasadas las diez, aquello se consiguió. Empezó a moverse el Tren Dorado. Otros, cuatro o cinco, iban delante; todo el resto, él así lo esperaba, vendría detrás.

Hubo que detenerse un momento en la Villa de Guadalupe, expuesta al ataque de Pablo González. Se veían desde allí, por el camino de Puebla, las polvaredas que el enemigo levantaba en su avance hacia la Ciudad de México. Varios funcionarios encargados de ordenar la marcha, Urquizo entre otros, vinieron a decir a don Venustiano que todo iba saliendo mal. Él no se alteró: les ordenó, con su calma de siempre, que no se demorara más el movimiento. Eso era todo lo que importaba: esquivar allí el ataque enemigo, alejarse un poco para dejarlo atrás. Después, el orden indispensable entre los convoyes se iría resolviendo solo y el peligro desaparecería al mismo paso. «Una jornada de ventaja era siempre salvadora para quienes sabían cómo aprovecharse de ella.» Siguió su tren y siguieron otros; pero el posible ataque enemigo no se evitó. Alcanzados durante la salida, los últimos convoyes habían chocado, o no habían podido moverse, y, sorprendidos así, quedaron presos con cuanto llevaban. Se perdieron las municiones, la artillería, parte de la aviación y de la maquinaria militar; se perdieron miles de caballos, incluso los del presidente; se quedaron miles de soldados con sus oficiales, jefes y generales.

Sin detenerse, corrieron los trenes hasta Tepexpan. Por la tarde pararon en San Juan Teotihuacán. Allí se presentó el general Murguía, ya con su gente dispuesta en convoyes, y pronta a tomar el servicio de vanguardia. Allí también escuchó don Venustiano detalles, precisos en cierta forma, de lo desastroso de su salida, que le costaba en hombres y elementos más de la mitad de lo que creía traer. Era lamentable, pero cosas peores acaecían en la guerra.

Oyendo lo que unos contaban y lo que comentaban otros, advirtió cómo los más de los hombres que venían con él disimulaban apenas el desaliento, y cómo algunos se reprimían para no desbordarse en indignación. Él, silencioso, acaso empezara a libar para sí la amargura que habría de depararle aquel éxodo militar y político, el luto de aquel viaje presidencial en el que iba encontrando, como respuesta a su íntima desolación, la indiferencia, también desoladora, que por todas partes lo recibía. En efecto, al atardecer se reanudó la marcha, y ya de noche no eran pueblos con vida, sino fantasmas de pueblos, desiertos y tenebrosos, los que turbaba, con el resonar de un ruido encajonado, la interminable fuga de los trenes.

Pero si en el alma de don Venustiano iba definiéndose aquel sentimiento, ni su rostro, ni sus ademanes, ni su actitud lo dejaban ver.

A la mañana siguiente los convoyes se detuvieron en Apizaco. Se incorporaron allí una sección de artillería y un regimiento de caballería. Se presentaron dos generales y otros militares y civiles procedentes de Puebla y Tlaxcala.

Murguía, en quien Carranza había puesto el mando, dijo que aquél era el sitio y el momento de organizar las tropas. Así se hizo. Y en un caballo que le consiguieron prestado, el Presidente de la República pasó revista a lo que le quedaba del Ejército Nacional, aquel ejército de quien él todavía se sentía jefe. Eran cuatro mil hombres. Le presentaron las armas, lo saludaban con la marcha de honor, mientras, al paso de los caballos, le daba escolta un séquito de quince o veinte generales.

Quizá fuera irónico que allí desfilaran con él amigos como Lucio Blanco, a quien en las horas risueñas y prósperas él le había negado todo, o casi todo, por complacer a otros; quizá fuera instructivo que entre aquellos otros descollase ahora Obregón, el mimado de antes y hoy cabeza de la conjura militar empeñada en arruinarlo a él, que tanto lo había considerado. Pero tales reflexiones eran puntos de mero sentimentalismo. Lo importante, lo práctico, estaba en que aparecían tangibles sus propios movimientos, y que esa realidad le infundía confianza para la lucha a que se le obligaba. Con cuatro mil hombres suficientemente armados y equipados, y él con su investidura de Presidente Constitucional frente a políticos y militares expuestos al desprestigio por sus ambiciones y su violencia, no era ilusorio esperar el triunfo. ¿Con cuánto menos no había empezado siete años antes la guerra contra Victoriano Huerta? Todo se reducía a llegar a Veracruz, donde las tropas de Cándido Aguilar, que era su yerno y continuaba fiel, se apresurarían a resguardarlo y sostenerlo.

Por lo pronto, bastó una parte de sus cuatro mil hombres para la derrota de la gente que se atrevió a enfrentársele por el lado de Tlaxcala. Pero, en rigor, bien pudo haber calificado de excesiva aquella conclusión optimista. Porque, horas después, el enemigo atacó de nuevo los trenes que avanzaban hasta San Marcos, y aunque se le rechazó y casi se le dispersó, o pareció que así ocurría, sobrevino allí la deserción de un regimiento casi íntegro.

Tras nuevo combate, su tren y el grueso de los convoyes se reunieron con la vanguardia, ya en San Marcos, la tarde del día siguiente. Don Venustiano sospechaba que de un momento a otro lo volverían a atacar, y así fue. Sólo que el golpe cayó ahora sobre las fuerzas de caballería que avanzaban a retaguardia, compuestas del escuadrón del Colegio Militar y del regimiento venido de Tlaxcala. Los cadetes, sencillos y estoicos, pelearon tan serenos que parecían hacer práctica o estar en maniobras. Se rechazó al enemigo otra vez, aquel enemigo, múltiple y ubicuo, que tan pronto se dispersaba como reaparecía.

Pesada, interminable, la inmensa fila de trenes se detuvo allí hasta otro día a la medianoche, e igual que en todos los altos, por la mañana y la tarde salieron cuadrillas a destruir los puentes que habían quedado atrás.

Llegaron hasta don Venustiano noticias y rumores del mundo minúsculo que viajaba con él. Una nota predominaba: el desaliento de todos, el pesar de muchos, que no se explicaban el verse metidos en tamaña aventura. Hubo intentos de levantar los espíritus reavivando el fugaz optimismo que dos días antes se había logrado con la revista de las tropas; pero fue inútil. Apenas si por un momento cobraban ánimo aquellos que se acercaban a Carranza y lo veían, tranquilo, ocuparse con Murguía en los asuntos militares, resolver algunas cuestiones mínimas, recibir a las personas, unas cuantas, que por allí pedían verlo.

A las desventuradas noticias que ya tenía acerca de lo sucedido en la Ciudad de México, en San Marcos se sumaron otras. Se habían estrellado por Texcoco los dos aeroplanos de Felipe Carranza, que se proponían unírsele, y de los tripulantes, uno quedó herido, dos prisioneros, y el jefe se suicidó. Se sabía también, aunque vagamente —eso era lo peor—, de una columna mandada por Jacinto B. Treviño, que avanzaba, reparando puentes, para caer sobre los trenes por detrás, y destrozarlos.

Era firme en don Venustiano el propósito de ganar cuanto antes las tierras de Veracruz, e inconmovible su idea de que allá lo esperaba la misma situación favorable que en 1915. Pero fuerzas pequeñísimas, casi inexistentes al lado de la voluntad de él y de su fe, no sólo se le sobreponían para retrasarlo, sino que casi lo paralizaban: no había bastante agua, faltaba carbón para aquella larguísima serie de trenes. De cualquier modo, como Murguía, Urquizo, Fontes, Mariel y otros acudían a todo, él apenas si tenía oportunidad de sugerir ni ordenar nada. Sin confesárselo, acaso fuera naciendo en él la sensación —no la idea— de que muy poco le valdría avanzar. A dondequiera llegaba tal cual había salido de México: cercado por tropas que lo acechaban, metido en el círculo de un enemigo encubierto que ni se mostraba todo ni lo acometía de frente, sino que en parte se dejaba ver, para atacarlo, y en seguida, descubierto apenas, sólo parecía querer hostilizarlo de lejos y empujarlo a no se sabía qué ocultos desastres.

II. GUADALUPE SÁNCHEZ

La interminable procesión de los trenes salió de San Marcos hacia Rinconada el 10 de mayo a la medianoche. Ya casi no la impelía más que la inercia inicial, pues aparte don Venustiano, cuantos allí iban se abandonaban más y más a la certeza de que no llegarían nunca a Veracruz. Cada kilómetro suscitaba temores nuevos; cada estación descubría mayores amenazas.

Camino de San Marcos se había recibido un propio del general Mireles con un mensaje de Obregón. Dijo que Mireles dominaba toda aquella línea, desde allí hasta Esperanza, y que Obregón ofrecía a don Venustiano manera y seguridades de llegar a Veracruz, siempre y cuando que el presidente renunciara a su investidura y prometiera embarcarse para el extranjero. Contestó Carranza que estaba bien; que ya llevaría él en persona la respuesta; y aunque eso confirmó que su ánimo se conservaba entero, no cabía dudar de la amenaza de Mireles: sus palabras anunciaban que cerraría el camino.

En Apizaco, además, se oyeron unos extraños telegramas. También eran de Obregón: iban dirigidos a Guadalupe Sánchez y daban a entender que éste, desconociendo a Cándido Aguilar, se había unido a los pronunciados, y que lo seguían todas las tropas de Veracruz. ¿Era cierto? ¿Era un ardid que, para confundirlo, empleaba Obregón, muy dado a procedimientos de tal clase? Don Venustiano, que lo conocía bien, podía suponer eso y aun asegurarlo; así convenía con su carácter, inquebrantable y voluntarioso; pero los demás no. En éstos la noticia no hizo sino ennegrecer más todas las anticipaciones.

El rodar de los trenes fue lento, intermitente y con indicios de que no habría de durar. Pasadas tres o cuatro horas despertó a don Venustiano un tiroteo que parecía precisarse hacia la vanguardia y que, de allí a poco, consiguió, otra vez, que el convoy se detuviese. Amanecía y había niebla: no era fácil distinguir el paraje donde estaban. Clareando ya, alguien se presentó a informar que el enemigo, Mireles sin duda, les cerraba el paso a menos de un kilómetro de Rinconada, pero que Murguía estaba tomando las providencias necesarias para batirlo y seguir adelante.

En efecto. A poco se vio cómo Murguía, sólo con su escolta, avanzaba sobre un cerro de la derecha, todo cubierto de fuerza enemiga, y cómo, tras ser rechazado con fuego hasta de cañones, hubo de dictar nuevos dispositivos y empeñar seriamente la acción. Se bajaron las dos piezas de artillería; se dispuso en orden de combate lo más de la infantería, alineada a uno y otro lado de sus convoyes; se rehicieron por el frente las filas de caballería de Heliodoro Pérez, para contener a los atacantes emboscados por la izquierda. Y de ese modo continuó el encuentro.

No fue larga ni muy difícil la primera fase de la lucha. A las dos horas ya estaba destrozada el ala derecha enemiga, la cual se retiró dejando en el campo todos sus muertos y sus heridos. Pero por el ala izquierda faltaba todavía desalojar a los ocupantes del cerro. Sobrevino una tregua espontánea, tregua sólo interrumpida hasta media tarde por el fuego de los cañones y vivida con ansiedad, como lo había sido la pelea, por los civiles, que se apiñaban en los trenes tendidos a retaguardia hasta el horizonte, A caballo, en medio de generales y oficiales de Estado Mayor, el presidente recorría la línea de combate.

Antes de acometer la toma del cerro, se probó a seguir por la vía férrea. Avanzó el primero de los trenes hasta acercarse a la zona enemiga; pero lo recibió tan nutrido fuego de cañones y fusilería, que hubo de retroceder. Murguía se lanzó entonces al ataque, poniéndose, como en todos los episodios de aquella expedición, al frente de la primera línea. Detrás, con la infantería de la derecha, iba Mariel, y en ángulo recto, protegido por los terraplenes, Urquizo apoyaba el movimiento con la infantería de la izquierda. Al principio, la refriega fue terrible: junto a Carranza cayó, acribillado por las ametralladoras, un teniente de la guardia, mientras a él una granada le abatía el caballo, y, al propio tiempo, por el frente, morían o quedaban heridos cerca de Murguía los oficiales y soldados que lo emulaban. Murguía, sin embargo, maniobró con gran pericia, puso enorme violencia en el asalto, y, así, media hora bastó para tomar el cerro con toda su artillería y sus ametralladoras, más cuatrocientos de sus defensores. Por éstos se supo que sí era gente de Mireles y de Barbosa la que acababa de huir, y que la vía estaba minada kilómetros adelante, cosa que se comprobó en seguida yendo a desenterrar las bombas.

Don Venustiano regresó a su tren entre las aclamaciones y los vítores de los civiles y al son de las bandas de guerra. Renacían por un momento el entusiasmo y la fe; tornaban a sonreír los rostros como en las primeras horas de Apizaco. Pero todavía estaban en eso cuando se anunció otro ataque del enemigo, que ahora surgía desde la retaguardia. Esta vez hubo de recurrirse, como dos días antes en San Marcos, a la caballería del Colegio Militar, la cual en mucho contribuyó a que el peligro desapareciese; y si bien no fue muy difícil la victoria, lo inesperado de la nueva acción reprodujo el decaimiento de los ánimos.

En el postrer instante se desprendió desde las formaciones enemigas más próximas, solo y con increíble valor, un jinete que gritaba y gesticulaba invitando a que no le disparasen. Los cadetes hicieron fuego y el jinete cayó junto con su cabalgadura. Luego habría de saberse la verdad: aquel hombre intentaba llegar hasta don Venustiano para trasmitirle, de parte de Pablo González, un mensaje análogo al que ya Obregón había mandado por conducto de Mireles.

En San Marcos, Carranza había resuelto poner en libertad a Gaudencio de la Llave y a Carlos Arellano, dos antiguos rebeldes que traía presos desde México. En Rinconada, al amanecer el día 12, se fusiló al jefe de la artillería de Mireles, que estaba entre los prisioneros. Fue lo de siempre: podía perdonarse al enemigo de ayer; al de hoy se le mataba sin misericordia.

Se detuvieron toda aquella mañana en Rinconada, porque no había agua para las locomotoras. Hallaron vacíos los depósitos; las bombas no funcionaban. Don Venustiano dispuso que se tendieran cordones de hombres desde la vía hasta un jagüey —a cosa de tres kilómetros— y que de mano en mano, en cueros de pulque, en latas, en jarros, en lo que hubiera, se trajese el agua para las máquinas. La operación duró no menos de cinco horas, y todavía así no hubo toda el agua que se necesitaba. Algo se ayudaron con la que aún tenían las locomotoras de atrás, para lo cual se decidió abandonar allí los seis o siete últimos trenes. Se apearon varios cuerpos de infantería y toda la caballería. Los cuatrocientos prisioneros quedaron encerrados en las jaulas de los caballos de Heliodoro Pérez. Una parte de la impedimenta se abandonó también.

Mientras se hacían todas aquellas operaciones, don Venustiano, sentado por momentos en el coche–salón de su tren, paseándose a ratos por la entrevía, conversaba con quienes llegaban a saludarlo: se le acercaban Montes, Barragán, Marciano González, Cabrera, Urquizo, Lucio Blanco. Siempre reposado y sereno, y como si nada hubiera incierto o imprevisto en aquellas jornadas catastróficas, él hablaba y sonreía: ellos, todos, disimulaban apenas su inquietud ante la inminencia del desastre. Hubo un detalle simbólico: cerca de don Venustiano pasó un soldado a quien se le cayó un cartucho. Indiferente en su desaliento, el soldado no se detuvo ni a mirar; pero don Venustiano lo llamó y le ordenó que levantase lo que dejaba en el suelo. Para el soldado, ya nada hacía falta; para don Venustiano, aquel cartucho era todavía tan útil como todo cuanto llevaba él consigo.

Sería la una cuando se reanudó la marcha. El propósito era llegar hasta San Andrés si la escasez del agua no lo impedía. Lentamente fueron avanzando los trenes hacia San Francisco de los Aljibes. A retaguardia, a lo lejos, las patrullas exploradoras divisaban el humo de otros trenes: eran las tropas de Jacinto B. Treviño, que venían reparando puentes y haciendo más y más próximos sus movimientos de persecución. Esa tarde pudo llegar hasta Rinconada uno de los enviados de aquellas tropas, el cual, como los anteriores, venía a ofrecer a don Venustiano garantías y seguridades mediante un compromiso: renunciar a la presidencia y salir del país. ¿Rendirse él? ¡Mal lo conocían Obregón y Pablo González! Don Venustiano no contestó.

Como tampoco había agua en San Francisco de los Aljibes, se intentó repetir allí, para alimentar las locomotoras, la maniobra de la mañana; pero sorprendidos por un aguacero, nada pudo hacerse. Así y todo, se aprovechó el último aliento de las máquinas para ganar algunos kilómetros. Llegaron los primeros trenes hasta La Soledad, rancho enclavado en la hacienda de Los Aljibes, del cual no se pasó. Las locomotoras, ya sin carbón, ya sin agua, quedaron definitivamente muertas.

Amaneció el jueves 13 de mayo. Apenas una semana antes don Venustiano había publicado en los diarios de México el manifiesto que anunciaba su propósito de no ceder, su decisión de mantenerse en su sitio y luchar por que la rebelión quedara sometida. Ahora estaba, con todo su gobierno, con todos los poderes, con toda la Tesorería y la Comisión Monetaria, y con miles de funcionarios y empleados federales —algunos de ellos en compañía de sus mujeres y sus hijos— tirado, sin esperanza de socorro, sobre dieciocho o veinte trenes que no podían andar, y dueño apenas de arenales resecos y cerros inhóspitos y agrios, sólo buenos para ocultar el peligro. Guadalupe Sánchez, Mireles, Higinio Aguilar, Gabay, Lagunes y no sabía él cuántos más, lo acechaban desde allí. Por delante, la vía se hallaba levantada en muchos kilómetros. Hacia atrás, pese a los puentes quemados, se movían las avanzadas de Jacinto B. Treviño, que ya casi lo alcanzaba.

¿Era para desesperar y rendirse? Para que se rindieran otros, sí; él no. Ahora convenía deshacerse de los convoyes ferroviarios, ya inútiles, y encontrar la mejor manera de seguir la marcha a pie, conservando lo necesario y abandonando lo superfluo.

Así pensaba valerse, y eso iba anunciando a sus principales generales y colaboradores, cuando, pasadas las diez, el enemigo se volvió a presentar, con mayor furia que hasta entonces. No fueron ya las escaramuzas de Apizaco, ni los encuentros de San Marcos, ni los combates de Rinconada, reñidos y sangrientos. Era el abalanzarse, casi incontenible, de fuerzas en tanto número que amenazaban ceñirlo y desbaratarlo totalmente. Otra vez se sintió dentro del círculo que lo estrechaba desde su salida de la Ciudad de México, círculo más y más apretado y poderoso, más y más irrompible conforme a él se le habían venido reduciendo los hombres y agotándosele los recursos.

La presencia de su ánimo se sobrepuso de nuevo. Y Murguía, que estaba en todo lo militar y no se daba reposo, se apresuró a poner en línea tres mil soldados y se lanzó al combate. Mil caballos de Guadalupe Sánchez habían aparecido por la parte de Aljibes; dos mil infantes venían por las alturas de la derecha. La caballería de Heliodoro Pérez y el Cuerpo de Zapadores contuvieron a los primeros, mientras sobre las líneas de los segundos avanzó el grueso de los defensores. Algo ayudaban los cañones cogidos en Rinconada y los que se traían desde Apizaco; pasaban de ciento las ametralladoras, que barrían con su fuego desde emplazamientos improvisados en línea cuadrangular; volaba el aeroplano de Santana para descubrir las formaciones enemigas. Pero todo estuvo a punto de sucumbir al pasarse a los contrarios, en lo peor del combate, el regimiento de infantería mandado por el coronel Ruiseco, quien, verdad increíble, llevó hasta allí el espíritu de la deslealtad y la defección. Tan grande fue entonces el pánico, que cuantos no combatían abandonaron los trenes y fueron a refugiarse en un monte de la retaguardia. Hubo principios de confusión; se dispuso la quema de algunos archivos; se dieron órdenes para salvar el dinero y los valores de la Tesorería.

A media tarde el peligro pasó. Rechazado por el frente y la derecha, que era la parte amagada, el enemigo, aunque en orden, empezó a retirarse y desapareció al fin rumbo a San Andrés y la sierra; tan castigado iba, que dejaba entre sus muertos el cadáver de un general. Pero también entre los defensores había habido bajas de cuantía: murió en el campo el teniente coronel Emilio de León; el general Millán quedó mortalmente herido.

Don Venustiano, que, imperturbable, había estado en la línea de fuego, volvió al Tren Dorado poco antes del oscurecer. No lo saludaban aclamaciones ni dianas, como después de la primera victoria. Muy lejos de ocurrir así, en cuantos se le acercaban leía la fatiga, el desaliento, el temor; porque el triunfo, aunque efectivo y grande, estaba lleno de los peores presagios.

Se enteró el presidente del estado de Millán, para quien recomendó toda suerte de atenciones, y se dispuso tranquilo como en su despacho del Palacio Nacional, a exponer a sus ministros y generales la necesidad de deshacerse de los trenes, de aligerar la columna, de seguir hacia Veracruz sin más acompañantes que las tropas y el gobierno, ni otra impedimenta que el dinero y las municiones.

Menos él, aquella noche nadie se libró de la inquietud, o de la angustia, o del terror. Todos sabían ya que los trenes iban a dejarse, y por dondequiera había indicios de que la marcha pie a tierra se emprendería a la mañana siguiente. Además, se temió una sorpresa nocturna, o un golpe al despuntar el alba. Aunque derrotado, el enemigo no tardaría en regresar y en atacarlos más numeroso y atrevido que antes, por lo mismo que ellos, acorralados allí, no esperaban ningún auxilio ni había quien se los diera.

Por la mañana, desayunándose en su coche–comedor, decidió don Venustiano convocar a una junta de generales que acordara oficialmente lo que ya estaba resuelto. No se desayunó ni más aprisa ni más despacio que otros días; no habló con apresuramiento; no dio sesgo extraordinario a ninguna de las disposiciones que debían cumplirse. La defección de Ruiseco, a medio combate del día anterior, no minaba su fe: por fuerza habían de serle fieles todos los que seguían a su lado. Dispuso el orden de marcha, la distribución de las columnas, la requisa de carros y mulas para el transporte de la impedimenta. Sin descuidar allí la línea, los comandantes de la infantería harían que los soldados se alistaran para la marcha a pie; los comandantes de la caballería despacharían patrullas a recoger las mulas y los carros; nada se tomaría por la fuerza, se pagaría todo.

El enemigo no asomaba. Urquizo mandó hacer estados de fuerza y se puso a dictar, con las necesarias instrucciones, la orden general de la columna. En un automóvil se preparaba a salir hacia San Andrés el secretario de Cándido Aguilar, para ver si lograba noticias de su jefe. Desde temprano, Murguía andaba atendiendo a que se despejara el camino por el frente. A la izquierda, cerca de las casas de la hacienda de Aljibes, estaba acampada la caballería de Heliodoro Pérez, y a la vanguardia seguían emplazados los cañones; a la derecha, casi al pie de los cerros, se extendía la línea de loberas de los infantes, y a la retaguardia estaba el escuadrón de alumnos del Colegio Militar. Humeaban a mucha distancia los trenes de Jacinto B. Treviño, todavía demasiado remotos para que su amenaza fuera cierta. Por el frente, por la derecha, nada denunciaba como hecho probable la presencia de las fuerzas de Guadalupe Sánchez.

Carranza ultimaba, en su coche–salón, los pormenores de la aventura que iba a emprender; lo ayudaban algunos de sus oficiales. Y era tal el ambiente que de él se desprendía, que nadie hubiera creído posible la inminencia ni de un tiroteo. Como a las once se oyó un rumor. Lo hacían, al agitarse, casi todos los civiles y algunos soldados inmediatos a los trenes, entre quienes corría la voz de que pronto empezaría la marcha. De súbito, por los cerros de la derecha, sonaron tiros aislados. ¿Eran de una sección de infantes que parecía hacer por allá un reconocimiento? Luego se oyeron otros, luego más. Se propagó entonces la noticia de que Guadalupe Sánchez se acercaba, o de que ya estaba allí, detrás de los mismos cerros poco antes tan quietos en apariencia. Por el frente venían masas de caballería que se acercaban levantando grandes polvaredas.

¿Y Murguía? ¿Murguía dónde estaba?

Ocupados todos en los preparativos de marcha, las líneas de defensa se habían desorganizado. En las loberas apenas si se veían hombres; por la derecha, casi toda la infantería, preparando los bagajes cerca de los trenes, había dejado sus puestos; en cosa igual andaban los servidores de las piezas. Y entre tanto crecían pavorosamente los núcleos enemigos alerta ya sobre los cerros, y la carga de caballería, imprecisa pocos minutos antes, tomaba forma y se la veía venir a toda rienda.

Urquizo, Olvera y otros generales daban órdenes y mandaban sacar y alinear a los soldados que estaban en los trenes, pues con el enemigo casi a tiro de fusil, seguían mudos los cañones y las ametralladoras. Fue preciso que, desmontado, el escuadrón del Colegio Militar acudiera a cubrir la línea por el frente; Hinojosa, jefe de la artillería, disparó por sí mismo un cañón; Heliodoro Pérez se lanzó, como pudo, al sitio más descubierto: quería cerrar el paso a los caballos de Guadalupe Sánchez, que ya llegaban. Y de ese modo, con cerca de tres mil hombres inactivos y desconcertados, poseídos de pánico ante lo inesperado e incierto, se trabó un combate de desesperación, un combate en el cual apenas había quien mandara ni quien obedeciera: combate contra un enemigo, siempre en aumento, más próximo a cada instante y más y más fuerte y amenazador, que parecía brotar al borde mismo de los sitios donde ya se le había vencido.

Peleaban serenamente los alumnos del Colegio Militar, pero no lograban detener la carrera de Guadalupe Sánchez, que ya estaba encima con la carga de no menos de dos mil caballos. Se vio a Murguía, salido no se sabía de dónde, tratando de reorganizar las fuerzas que le quedaban cerca. Pocos lo escuchaban; casi nadie lo obedecía, con lo que fueron creciendo el desorden y la confusión.

Pasó media hora de aquel choque inverosímil, en el cual el enemigo no llegaba a los trenes porque él mismo no se explicaba que fuera tan poca la resistencia que le oponían. Algo consiguió entonces hacer la caballería de Heliodoro Pérez para contener unos minutos el desastre. Muchos soldados, ya sin jefes, ya sin órdenes, se habían protegido entre las ruedas de los trenes y desde allí disparaban sobre la derecha, mientras los civiles, con sus bultos, con sus cajas, con sus maletas, corrían por el otro lado e iban a refugiarse en las casas de la hacienda. Se elevó Santana en su aeroplano y dejó caer algunas bombas sobre la gente de Guadalupe Sánchez, que lo derribó a tiros de fusil. Nada se lograba ya, nada se coordinaba, nada podía esperarse. Del tren de la Tesorería empezaron a bajarse cajas de dinero. Parte de ellas se pusieron en un camión que a poco se atascaba en los arenales. Los ministros, los magistrados, los políticos, requerían caballos y montaban como podían. Algunos vagones empezaban a arder.

Todo lo veía a medias don Venustiano por entre los cristales de su coche–salón; pero no lo levantaba de su asiento ni el golpear de las balas, cada vez más frecuentes, que llegaban hasta allí. Una sola idea parecía embargarlo: ¿hasta cuándo iba a durar aquella confusión? ¿Dónde estaba Murguía, que no lograba poner en orden a toda aquella gente? ¿Se acercaría así el enemigo si todos estuvieran en su puesto cumpliendo con su deber? Porque sólo eso faltaba: que cada uno, que todos volvieran a su sitio; y denotaba increíble ausencia de serenidad que, a tres metros de él, don Manuel Amaya siguiera ofreciendo, a gritos, quinientos pesos por un caballo. ¿Un caballo para qué? Aunque allí se les destrozara, no era para asustarse de aquel modo.

Llegó Urquizo hasta el pie de la ventanilla. No desmontó siquiera, y le dijo:

—Señor, estamos perdidos sin remedio. Baje usted del tren. Hay que escapar.

—No, Urquizo —contestó él, acomodándose los anteojos con el movimiento y la actitud que le eran peculiares—. No tengo por qué huir. Dentro de un momento Murguía reorganizará las tropas y el enemigo quedará rechazado.

Y fue inútil que Urquizo insistiera en que ni Murguía ni nadie era capaz de contener el pánico que ya estaba dispersando a todas las tropas. Don Venustiano reiteró su respuesta:

—No; no salgo. Aquí me quedo.

Lo cual dijo sin moverse de su sillón.

Se presentó el general Olvera informando que ya nadie defendía el frente. Fue igual. Impávido, Carranza oía tupirse el golpe de las balas que alcanzaban aquella parte del tren. Pasaban, montados y de huida, militares y civiles que le encarecían la urgencia de salir pronto, de abrigarse entre la muchedumbre que escapaba hacia la hacienda y los ranchos más próximos. Él seguía, inmóvil, pero no con la inmovilidad de quien se entrega a un destino irremediable, sino de quien está seguro, justamente, de que sí hay remedio y de que el remedio no está en huir.

Por fin llegó Murguía, no menos agitado y descompuesto que Urquizo, y también le pidió que bajara del coche y se apresurara a salvarse. Se oía ya la grita de los soldados enemigos echándose sobre los vagones: las balas levantaban polvo del suelo, silbaban por encima del tren. Don Venustiano aceptó entonces la verdad.

—No tengo caballo —dijo—; me lo mataron en Rinconada.

Urquizo le contestó:

—Aquí está el mío, señor —y saltó a tierra rápidamente.

—¿Y usted?

—Tengo otro, señor.

Y mostró Urquizo el caballo de mano que le traía su asistente.

Don Venustiano se apeó del coche; accedió a montar. Pero advirtiendo, conforme se acomodaba en la silla, que los estribos no le quedaban, desmontó otra vez y dijo, imperturbable y casi sin moverse:

—Estas aciones están cortas para mí: que me las alarguen un poco.

Lo hizo así el asistente de Urquizo. Don Venustiano montó otra vez, y cuando los pocos que lo rodeaban creyeron que ya iba a arrendar, se volvió en busca de Secundino, su asistente, para decirle, siempre con la misma calma, que subiera al tren y le trajera el maletín, lleno de papeles, que allí había dejado.

Se lo trajeron.

—Ahora sí, señores —dijo sin la menor prisa—. Creo que ya podemos irnos.

A la cabeza del minúsculo acompañamiento que con él escapaba de los trenes de Aljibes, don Venustiano bajó la pendiente del terraplén, todavía entre las balas de los soldados de Guadalupe Sánchez; arrendó al paso su caballo, y sin nada que trasluciese precipitación o fuga, se encaminó por la izquierda hacia las alturas inmediatas. Lo seguían, en grupo informe, Murguía, Urquizo, Cabrera, Amaya y otros cuantos militares y civiles, entre quienes venía a guarecerse de aquel trance desastroso —era como el resto de un naufragio— la representación del gobierno constitucional que dos semanas antes se proponía el completo exterminio de los rebeldes.

Llevaban por delante fracciones de infantería, extraños grupos de soldados sin armas, de oficiales a medio vestir, de hombres con talegas de pesos sacadas del tren de la Tesorería; gente, toda ella, a la cual alcanzaron y dejaron atrás. A sus espaldas la lucha no concluía aún: disparaban fusiles y ametralladoras; se oía la algazara de los vencedores, dueños ya de todos los trenes: los rodeaban en tumulto, los saqueaban, los veían arder. Y entre tanto, los soldados vencidos seguían huyendo dispersos, o caían prisioneros, y una parte de los civiles, los más —hombres, mujeres, niños— pugnaban por refugiarse en el casco de la hacienda, que había ya enarbolado en el techo, a modo de bandera de paz, un trapo que lucía blanquísimo al sol deslumbrante de aquel mediodía.

Cuantos cabalgaban detrás de don Venustiano iban hundidos en el silencio de la derrota y del infortunio. En él sólo había el silencio de la reflexión, el silencio de quien medita en su catástrofe no para lamentarla, sino para apreciar los recursos que aún le quedan. Había esperado salir de la Ciudad de México con ocho o diez mil hombres perfectamente equipados y municionados, con artillería, con aviación que asegurara su marcha hasta los linderos de Veracruz. Las defecciones, el desorden, los choques provocados a última hora por el enemigo habían hecho que saliera con menos de la mitad. Había supuesto que con sólo alejarse de los núcleos rebeldes de Puebla y Tlaxcala, su avance se iría volviendo más y más rápido, más y más fácil. Sucedió al revés: el camino había venido estrechándose conforme él avanzaba, y el cerco que lo seguía desde su salida de la capital había acabado por estrangularlo. Había creído que se abrirían de brazos, para recibirlo y protegerlo, los doce mil hombres que Cándido Aguilar tenía en Veracruz. Todo lo contrario, eran fuerzas de Cándido Aguilar las que se habían puesto en acecho para destrozarlo en Aljibes. ¿Qué le quedaba entonces? Estaba muerta la esperanza de Veracruz, no existían los resortes de su gobierno, su ejército se componía del puñado de gente amontonada a su espalda. Pero Murguía, que en aquel momento se le emparejó, fue como la evidencia de que aún le quedaba bastante para recomenzar la lucha: le quedaban las tropas de Murguía en el norte de la República, acaso las de Diéguez, quizás las de Iturbe.

Vino a su encuentro, para darle escolta, el escuadrón de alumnos del Colegio Militar, con Casillas y Howell al frente. Don Venustiano siguió subiendo la cuesta del cerro hasta el rancho de Santa María de Coatepec, lleno ya de civiles, y de soldados en el más completo desorden. Había allí diputados y magistrados, empleados de todas categorías, algunos con sus mujeres y sus hijos. Sonaban toques de corneta que no obedecía nadie. Varios oficiales intentaban mandar.

Sin parar mientes en tales escenas, don Venustiano y su comitiva se detuvieron para considerar un punto la ruta que debía seguirse; y aunque ya él maduraba su plan de ir al Norte, se vio que lo urgente era esquivar la persecución que de un momento a otro empezarían Guadalupe Sánchez y Jacinto B. Treviño. A varios se les ocurrió que se podía ganar hacia Perote, o hacia el volcán, para internarse luego por la sierra de Veracruz; pero eso era ponerse en manos de Higinio Aguilar o de alguno de los vencedores de Aljibes. Luis Cabrera señaló entonces como el refugio más próximo y seguro la sierra de Puebla, intrincada y abrupta, y en la cual, de seguro, se contaría con el apoyo de Gabriel Barrios y sus fuerzas serranas. Luego, de la sierra de Puebla se pasaría a la de Hidalgo, de allí a Querétaro, de allí a la Huasteca potosina, y de allí al Norte. Don Venustiano aprobó el plan y pidió a Cabrera que sirviese de guía a la columna, ayudado por Mariel.

Dispuestas así las cosas, salieron de Santa María de Coatepec a los pocos minutos de su llegada. Antes de empezar el descenso por el otro lado de la altura, contemplaron cómo se aquietaba ya en torno de los trenes abandonados la postrera fase de la lucha, y divisaron, esto muy lejos y hacia Rinconada, el humo de los convoyes de Jacinto B. Treviño y las polvaredas de su caballería, tendida al galope rumbo hacia la hacienda de Los Aljibes.

Lentamente empezaron a bajar. Ahora venían entre la columna, que se había fortalecido apenas con unos cuantos dragones, la familia de Murguía y algunas otras personas que acababan de agregarse. Al lado de don Venustiano iban el propio Murguía y Luis Cabrera. Sin orden de ninguna especie seguían los demás: Urquizo, Bonillas, Mariel, Barragán, Aguirre Berlanga, Manuel Amaya, Francisco González, Mario Méndez, Francisco Serna, Marciano González, León Ossorio, Federico Montes, Pilar Sánchez, Bruno Neira, Gil Farías, Carlos Domínguez, Armando Z. Ostos, Landa Berriozábal, los Saldaña Galván, Octavio Amador, Ignacio Suárez, y así hasta más de cien personas. Cerraba la marcha, en perfecta formación, el escuadrón de alumnos del Colegio Militar.

Todavía sin señales de apresuramiento, caminaron toda aquella tarde. Pasaron poblados misérrimos, como San Miguel Malpaís, y haciendas casi abandonadas, como Pozo de Guerra. En este punto desmontaron para dar agua a los caballos y buscar algo que comer; pero lo segundo resultó imposible: apenas si había allí alguien; nadie vendía nada ni tenía nada.

Con la noche reanudaron la marcha. En la oscuridad, que apretaba las distancias entre unos y otros, su aire se hizo más vivo: empezaron a trotar y a galopar; mas no por eso la columna, triste hasta estar ausente la lumbre de los cigarros, que nadie encendía para no delatarse, iba menos ensimismada y silenciosa. Todos se reconcentraban ahora en un solo pensamiento: avanzar lo más posible al amparo de la noche, alcanzar y atravesar pronto las llanuras de San Juan, cruzar la línea del Ferrocarril Interoceánico para seguir hacia la sierra de Puebla desde un lado de Oriental, donde podían aparecer de un momento a otro fuerzas enemigas.

Casi sin tomar respiro, a las dos de la madrugada llegaron a la hacienda de Zacatepec. Cenaron, descansaron un poco y, despuntando el alba, volvieron a partir, pero ahora sin la familia de Murguía ni algunos otros civiles, que por no tener montura, o por su cansancio, o por otras razones, allí hubieron de quedarse, según lo dispuso Carranza en persona. Incipientemente organizados, una fracción en servicio de vanguardia y otra de retaguardia, los alumbró el sol según desembocaron en San Juan de los Llanos. Tal era entonces el decaimiento de la columna, que la detuvo y puso nerviosa la aparición de tres o cuatro jinetes que trataban de ocultarse a lo lejos. Luego se aclaró que aquéllos eran también fugitivos escapados de Aljibes —Paulino Fontes y dos o tres más—, y, de nuevo en calma, siguieron adelante.

Desde donde cruzaban se veían a la derecha, muy lejos, el Cofre de Perote y las nieves del volcán de Orizaba; al fondo, la masa oscura y neblinosa de la sierra de Puebla, tan codiciada y todavía tan distante, y a la izquierda, no tan lejos, la estación y el pueblo de Oriental. No se alzaba en el horizonte humo que anunciara la presencia de trenes, que, de haberlos, serían por fuerza enemigos. ¿Se podría seguir? ¿Lograrían pasar? La pregunta les nacía del fondo de un estremecimiento, pues aparte don Venustiano, para todos, o casi todos, iba a parecer interminable el paso por aquellas llanuras de San Juan, expuestas al ataque, a la sorpresa, a la ocultación enemiga detrás de los terraplenes del ferrocarril. Nada les ocurrió: cruzaron al trote por Torija, atravesaron la vía, rápida y felizmente, y también al trote siguieron toda la mañana hasta Coyotepec, y luego hasta el ramal de Oriental a Teziutlán, línea que intentaron interrumpir quemando algunas alcantarillas.

Comieron y descansaron en Santa Lugarda; dieron agua y maíz a los caballos; escribieron cartas; se proveyeron de lo necesario para el alto de la noche, y siguieron adelante. Con la llanura y las vías férreas a la espalda, la huida parecía presentarles ahora menos peligro.

Rendían esa noche la jornada en la hacienda de Temextla, a la entrada de la sierra de Alatriste, cuando empezaron a respirar. Desensillaron por primera vez desde su salida de Aljibes, cenaron lo que llevaban, y, medianamente seguros y tranquilos, se tendieron a descansar hasta la mañana siguiente.

Mientras los demás dormían, el escuadrón del Colegio Militar hizo el servicio de vigilancia, igual que lo había cubierto durante el alto de la tarde.

Con el alba del día 16 montaron de nuevo, y, temerosos de encontrar enemigo en Zautla, prefirieron el rumbo de Tetela, por San Francisco Ixtacamaxtitlán. Iban otra vez al trote y al galope, su cansancio aliviado por el sueño de varias horas y por la proximidad de la sierra, que ya parecía acogerlos y salvarlos. Según avanzaban, los caminos se volvían más estrechos y más sinuosos, y las pendientes se acentuaban más. Pasaron por San Andrés, por San Francisco, por Tecahuitl, pueblecitos serranos entre cuyos moradores había hombres de máuser pertenecientes a las fuerzas de Gabriel Barrios. Por preguntas que les hicieron se supo pronto que el jefe estaba en Tetela.

Se detuvieron en Zitlalcuautla, no sólo para dormir, sino para considerar la conveniencia de que la columna parara algunos días en Tetela rehaciéndose al abrigo de las montañas. Así lo quería don Venustiano, a quien Cabrera informaba que dos hermanos suyos debían de andar ya por aquellos rumbos al habla con Gabriel Barrios, y así lo aconsejaba el deplorable estado de casi toda la comitiva. Porque tan faltos iban de todo, que, esa misma noche, don Venustiano mandó pedir a Urquizo una muda de ropa interior, para poder deshacerse de la que traía, ya intolerable.

Durmieron mal. La lluvia los obligó a interrumpir el sueño y a reanudar la marcha, así fuese a oscuras.

Corrida la mañana, las veredas que los conducían los llevaron a un camino carretero, por donde, entre las doce y la una de la tarde, llegaron a Tetela. Como estaban seguros de poder instalarse allí, buscaron alojamientos y sitio para bañarse; pero apenas acababan de encontrarlos cuando Carranza supo que Gabriel Barrios había salido hacia Cuautempan, noticia que pareció bien extraña a Murguía, a Cabrera, a Mariel y a todos los que confiaban en que el acogimiento fuera alentador y cordial. Se supo asimismo, por informes de las fuerzas serranas, que una columna de caballería, al mando de Jesús Guajardo, entraba ya en la sierra por el mismo camino que traían ellos y que amenazaba alcanzarlos si no se daban prisa. Ordenó don Venustiano que se tocara reunión y botasilla y volvieron a montar. Instantáneamente, de un solo golpe, se derrumbó la esperanza que en todos había encendido el sentirse en la sierra bajo la protección de Gabriel Barrios, y otra vez se hundieron casi todos en el desaliento y la inquietud. Con Murguía, con Mariel, con Urquizo, con Cabrera, don Venustiano seguía hablando de la marcha al Norte.

Llegaron a Cuautempan por la noche. Gabriel Barrios tampoco estaba allí, y por lo que de él se dijo, y de sus fuerzas, don Venustiano pensó que los serranos no lo apoyarían: simplemente lo dejaban pasar. Otra noticia los volvió a la esperanza: Lindoro Hernández, subordinado de Mariel, acababa de llegar a Huauchinango y Beristáin. Seguro Mariel de que aquellas fuerzas se mantendrían leales al señor Carranza, Murguía ordenó que se les mandaran propios con instrucciones de venir inmediatamente en ayuda de los fugitivos. ¿Eso al menos se conseguiría?

La noche del 18 de mayo la pasó Carranza en la mejor choza de Cuautempan; y a la mañana siguiente, desayunándose con sus principales acompañantes, les expuso la necesidad de aligerar la columna, librándola de elementos inútiles, y la urgencia de reforzarla con el mayor número posible de fuerzas de caballería, para realizar rápidamente el paso de la sierra de Puebla a la de Querétaro y seguir luego las jornadas hacia el Norte. Murguía propuso, a falta de nuevas noticias de Lindoro Hernández, que Mariel mismo fuera a buscarlo, pues a Mariel, de seguro, se le atendería mejor que a cualquier otra persona. Don Venustiano no lo aprobó; dijo que aquello podía dejarse para después, para cuando todos estuvieran más cerca de los sitios ocupados por Hernández. También dispuso allí que el escuadrón del Colegio Militar no siguiera exponiéndose a las contingencias de marcha tan azarosa: debía separarse de la columna y volver a México desde Cuautempan. Lo más del Ejército, con sus generales al frente, había faltado al cumplimiento de su deber. ¿Cómo aceptar entonces el posible sacrificio de aquellos jóvenes, algunos casi niños, por más que los impulsara la voluntad de permanecer fieles a la tradición de su instituto? Y no era que a él la situación se le presentara ya con visos irremediables. No: él y quienes lo acompañaban saldrían de aquellas comarcas infestadas de enemigos, llegarían al Norte, encontrarían tropas leales en número suficiente para recomenzar la lucha y restaurar, por virtud del derecho y de la fuerza, el imperio de la ley. Mas, por de pronto, los peligros eran tantos que no debía el Presidente de la República consentir en que lo protegiera el Colegio Militar. Y en vano protestaron Rodolfo Casillas, Jesús Loreto Howell y no pocos de los cadetes: la orden fue terminante y hubo de obedecerse.

En esto estaban cuando el teléfono les avisó que el enemigo entraba ya en Tetela. ¿Era cierto? ¿Eran ardides de Gabriel Barrios, que buscaba, indeciso entre protegerlos o combatirlos, el modo de que se alejaran? En cualquier caso, había que partir. Al trote salieron de Cuautempan, y después de subir y bajar cuestas llegaron a Tomoxtla. Allí se separó el escuadrón del Colegio Militar; allí, nuevo aviso telefónico apremió a la columna fugitiva para que siguiera internándose por la sierra. Volvieron a trotar. Don Venustiano se detuvo en lo alto del cerro y vio cómo desde el camino de abajo, Casillas y Howell —éste acababa de regalarle su mejor caballo—, y con ellos todos los cadetes, agitaban los sombreros a modo de despedida. Levemente, impasible, casi inmóvil unos instantes, él levantó el suyo para contestar.

Esa noche llegaron a Tepango. Desde luego, y tras de oír el parecer de Murguía, de Cabrera, de Urquizo, de Mariel, don Venustiano estudió la posibilidad de seguir por Zacatlán hacia Beristáin, para salir por Apulco a la sierra de Hidalgo y por Jalpan a San Luis Potosí. Pero pronto desechó el proyecto, pues se supo, por avisos de Barrios, que había enemigo en Zacatlán; que la columna de Guajardo, siempre sobre los fugitivos, estaba ya en Cuautempan, y que el coronel Lindoro Hernández, de cuya lealtad tanto se esperaba, se había unido al movimiento rebelde y tenía tendidas sus tropas desde Beristáin hasta Necaxa.

Aunque Mariel no creía esto último, se decidió que no quedaba otro camino libre que el de Tlapacoyan, al cual los empujó también otra noticia: que el teniente coronel Valderrábano, de las fuerzas de Hernández, y Rodolfo Herrero, antiguo rebelde recientemente rendido al gobierno, se mantenían adictos y dominaban, al norte de Tlapacoyan, desde Villa Juárez hasta el Plan de Zaragoza, pasando por San Pedrito, La Unión y Patla.

Siguieron, pues, al día siguiente, 19 de mayo, de Tepango hacia Amixtlán, y de Amixtlán a Tlapacoyan. Suponiendo que allí podrían pasar la tarde y la noche, don Venustiano fue a hospedarse en la escuela pública, junto con Murguía, Cabrera, Aguirre Berlanga, Mariel, Mario Méndez y los ayudantes Suárez y Amador. Buscaron qué comer. Mandaron herrar las bestias, ya tan mal de cascos que a menudo se caían. Consiguió allí Mariel que se le autorizase a escribir a

Lindoro Hernández, que estaba en Huauchinango, y a Valderrábano, posiblemente acantonado en Villa Juárez, cartas que les explicaran la terrible situación de la columna y lo urgente de venir a incorporarse para salvarla. Un coronel, Salustio R. Lima, se ofreció a ir a tratar en persona con los dos jefes, pero don Venustiano dijo que aquello no le parecía indispensable.

Se presentó en esto un enviado de las fuerzas de Barrios; traía la noticia de que ya se hallaban en Tepango las fuerzas enemigas llegadas antes a Zacatlán; que estaban próximas al mismo punto las de Guajardo, y que otra columna, la de Vega Bernal, avanzaba de Santo Domingo sobre Tlapacoyan. Don Venustiano dispuso salir inmediatamente; y como en aquella región el guía ya no era Cabrera, sino Mariel, mandó llamar a este último para preguntarle acerca de la salida que les quedaba. Mariel dijo que lo mejor era acercarse a Necaxa, para que él mismo fuera a indagar la actitud de las tropas de Lindoro Hernández, ya que de seguro permanecían fieles; pero don Venustiano no lo aprobó, visto el inconveniente de que eso los acercaba demasiado a las vías del ferrocarril. Propuso entonces Mariel refugiarse en Chiconcuautla, lugar, a su juicio —lo mismo opinó Cabrera—, fácilmente defendible hasta por unos cuantos hombres, y desde donde podrían comunicarse con Huauchinango y Villa Juárez; pero don Venustiano tampoco lo aceptó. Lo más prudente, dijo, era seguir hacia la parte dominada por Rodolfo Herrero.

IV. RODOLFO HERRERO

De Tlapacoyan don Venustiano y su caravana siguieron huyendo hacia Tlaltepango, única salida que les dejaba la llegada de tropas enemigas a Tepango y Santo Domingo, y firme él en su decisión de no acercarse a Necaxa, para lo que le sobraban las razones. Porque ¿cómo aumentar las probabilidades de un ataque, si la columna sumaba escasamente cien hombres, y de ellos veinte o veinticinco civiles, cincuenta o sesenta jefes y generales y quince o veinte soldados y asistentes?

En Tlaltepango, por informes que tomó Mariel, pareció confirmarse lo que ya sabían: que Lindoro Hernández, puesto en esos días a las órdenes de Jesús Novoa, les cerraba el paso desde Necaxa hasta Beristáin; que Guajardo y Vega Bernal venían acercándose por la retaguardia, y que Valderrábano y Rodolfo Herrero, tendidos con sus fuerzas desde Villa Juárez hasta el Plan de Zaragoza, permanecían fieles y estaban prontos a protegerlos. Acaso les inspirara alguna desconfianza el saber que Herrero, antiguo rebelde, se había sometido al gobierno semanas antes de levantarse en armas Pablo González y Obregón; pero ni Mariel consideró extraña aquella lealtad, ni don Venustiano varió en su idea de seguir hacia la parte que Herrero dominaba.

Siempre a media jornada del enemigo, llegaron a Cuamaxalco al pardear la tarde del día 19, y entonces pudo suponerse que no erraba don Venustiano al escoger la ruta que llevaban, pues los informes acerca de Herrero parecían cada vez mejores. De él les dijeron allí que se había concertado con Valderrábano para auxiliar a los fugitivos, por gratitud a

Mariel y al presidente, y que hasta había derrotado ya una partida obregonista en Pahuatlán. Otros informes aclaraban que Herrero andaba por el Plan de Zaragoza, pero que su segundo, César Lechuga, y su secretario, Miguel B. Márquez, se encontraban en Patla con unos treinta hombres.

Las noticias eran buenas. Don Venustiano dispuso descansar en Cuamaxalco parte de la noche y seguir hacia Patla a las dos de la madrugada; aunque también le pareció juicioso que Mariel escribiera desde luego a Lechuga y a Márquez preguntándoles si dejarían pasar a la columna y si la ayudarían de algún modo.

De poco les sirvió aquel descanso: volvió a llover; otra vez se coló el agua por entre los tejamaniles de las chozas en que, distribuidos por grupos, dormían amontonados, y ni las monturas se libraron de mojarse. Así y todo, a la hora prevista, Murguía, con una lámpara en la mano, tuvo que recorrer el campamento para levantar a los más remisos, que preferían no moverse ya. Don Venustiano, en pie el primero, andaba, casi a oscuras, pagando a los indígenas las hojas de maíz que habían comido sus caballos.

Porque desde el principio de aquellas jornadas, angustiosas para todos, menos para él, nada lo apartaba de sus hábitos de calma y de orden, ni de su fortaleza y sobriedad. En todo daba el ejemplo: se esforzaba como el que más y comía como el que menos; se apeaba dondequiera que el camino lo exigía, o cuando el caballo se fatigaba, y retrasaba lo más posible el volver a montar. En los altos atendía al agua y al pienso de las cabalgaduras lo mismo que su asistente. Nadie lo vio entregarse a la fatiga, o al decaimiento, o al dolor, y si alguien le insinuaba la posibilidad de que se salvara ocultándose por allí con unos cuantos, mientras los demás seguían atrayendo al enemigo, respondía él que no, que las tropas leales del Norte lo esperaban para que juntos se salvaran todos.

Sin aguardar la respuesta de Lechuga y Márquez ordenó don Venustiano la salida de Cuamaxalco.

Seguía lloviendo. Hasta el alba, y después, durante buena parte de la mañana, caminaron por sendas duras y peligrosas, por cuestas tan pinas que a menudo tenían que desmontar. Cuando clareaba el día tropezaron con unos indios que les ofrecieron tortillas. Como a las nueve llegaron a una ranchería. Buscaron qué comer, pero no encontraron nada. Tuvieron que contratar guías nuevos, porque los que llevaban aseguraron no conocer el camino hacia adelante.

Cerca de las once, después de dos horas de trepar cuestas cogidos a las colas de los caballos, y de bajarlas al borde de los precipicios, divisaron abajo y a lo lejos, a orillas del río Necaxa, el pueblo de Patla. Poco después vino a su encuentro un enviado con la respuesta de Lechuga y Márquez, que decían estar prontos no sólo a dejar libre el paso al presidente y su columna, sino a unírsele y a ponerse a sus órdenes. Más allá apareció el propio Lechuga, que confirmó su mensaje y habló de la absoluta lealtad de Rodolfo Herrero y de la inteligencia de éste con Valderrábano para acoger a los fugitivos y protegerlos. Entre la fatiga y la sed, que los consumía, a todos les sonrió entonces la confianza; y su fe se hizo mayor cuando, de allí a una hora, llegaron al río, que venía alto, y vieron cómo los soldados de Lechuga los ayudaban a pasar, lo que no fue cosa fácil, pues el puente apenas si era viable a pie. Los caballos tuvieron que atravesar a nado, mientras los hombres de Lechuga transportaban a hombro las monturas y las armas. Tan espaciada llegaba ahí la comitiva, que una parte de ella, ya del otro lado del río, veía bajando desde arriba de la montaña a los diez o doce soldados que formaban la retaguardia con Heliodoro Pérez.

En Patla se dispersaron unas horas para bañarse, para comer, para buscar algo de lo mucho que necesitaban. Lechuga y Márquez llevaron a don Venustiano a la mejor casa del pueblo, junto con Murguía, Mariel, Aguirre Berlanga, Mario Méndez y otros; y allí, mientras se les preparaba la comida, se trató de lo que debía hacerse. Dijo Murguía que quizás fuera ya oportuno mandar a Mariel en busca de noticias ciertas sobre Valderrábano y Lindoro Hernández. Don Venustiano lo aprobó, dispuso que Mariel se adelantara desde La Unión hasta Villa Juárez, y que si Hernández y Valderrábano le eran adictos, interrumpiera con ellos las comunicaciones hacia México y les pidiera, para escolta de la comitiva hasta el Norte, cuantos hombres de caballería pudieran darle.

Comieron. Don Venustiano encargó a Mariel que le hiciera en Villa Juárez varias compras: unos zapatos, una camisa, ropa interior, para lo cual —añadió— no le daba dinero porque no tenía ninguno. Y advirtiendo después, ya para partir todos, que él y la columna esperarían en San Pedrito mientras Mariel terminaba sus gestiones, interrogó a éste sobre la distancia que había de San Pedrito a Villa Juárez; y como Mariel contestara que habría unos ocho kilómetros, él repuso que no estimaba cuerdo acercarse tanto, sino que debía escogerse otro sitio más apartado y oculto, y también al abrigo de las fuerzas que venían persiguiéndolos, donde pudiera esperar. Mariel respondió que no conocía otro, y que no veía riesgo en llegar todos a San Pedrito; pero Lechuga, interviniendo por vez primera, opinó que no había por qué acercarse hasta allá; que don Venustiano podía esperar en Tlaxcalantongo, pueblo al margen de todo tránsito y bien provisto de alimentos y de forraje para la caballada.

Salieron de Patla como a la una de la tarde, indeciso aún don Venustiano entre seguir hasta Tlaxcalantongo, conforme al consejo de Lechuga, o esperar en La Unión las noticias que Mariel iría a traerle. Tras un trecho de camino plano empezaron de nuevo las subidas. Don Venustiano iba con Murguía a la cabeza de la columna, y a la deshilada, por lo muy escabroso del terreno, seguían los demás.

No habían andado media cuesta entre Patla y La Unión cuando los alcanzó y empezó a pasar un jinete de buen caballo, de camisa oscura, con tirantes, sombrero de fieltro suave, y pistola al cinto. Al llegar cerca de Cabrera se detuvo y lo saludó. Cabrera le contestó con aire de querer reconocerlo:

—¿Qué hay? —le dijo—, ¿qué hace usted por aquí?

—Pues protegiendo —contestó el hombre— el paso del señor presidente y de todos ustedes.

Cabrera lo miró despacio y volvió a preguntar:

—¿Es usted Rodolfo Herrero?

—Sí, señor; para servirle. ¿Y usted es...?

—Yo soy Luis Cabrera.

—¡Ah, vaya! Usted es el licenciado Cabrera. Pues somos paisanos, y hasta creo que algo parientes.

Cosa rara. Rodolfo Herrero les daba alcance subiendo la cuesta desde Patla. ¿No les habían dicho que andaba por el Plan de Zaragoza? Su porte, su vestido parecían confirmar que no venía de muy lejos.

A nuevas preguntas de Cabrera, contestó:

—No; no conviene que se queden ustedes en La Unión, ni que se acerquen a Villa Juárez, porque es peligroso. Voy a llevarlos a Tlaxcalantongo, donde quedarán muy bien: hay suficiente maíz y punta para los caballos, y comida para ustedes.

Preguntó luego por Mariel. Cabrera le contestó que lo encontraría más adelante, cerca del señor Carranza; y entonces él, despidiéndose, y ya para picar espuelas, pronunció muchas frases alentadoras.

—Por el general Mariel —dijo— y por don Venustiano, yo soy capaz de ir hasta la muerte. Soy de veras hombre leal, de los que no engañan.

Y siguió galopando.

Al emparejar con Urquizo, también lo reconoció; se detuvo para abrazarlo, habló con él más que con Cabrera. Recordó que poco antes había estado en México; comentó que era mucha su significación militar y política en toda aquella comarca y que los fugitivos debían considerarse dichosos de haber llegado a donde él estaba, pues los apoyaría y defendería con todas sus fuerzas.

—Además, todo esto lo conozco yo como la palma de mis manos, porque aquí he operado siempre, y si el caso es difícil, mejor: sólo en estos trances se conoce el verdadero valer de las personas. Así voy a decírselo ahora mismo al señor presidente.

Y otra vez picó espuelas, y volvió a trepar ágil, mientras a su lado la hilera de los fugitivos seguía subiendo la cuesta con grande esfuerzo.

Alcanzó a Mariel, lo abrazó, lloró; le protestó que contara siempre con su devoción personal, y con la de todos los suyos, igual que el señor Carranza; y le dijo que tenía a verdadera felicidad acompañarlos en aquel infortunio, pues era hombre agradecido y leal, que no olvidaba los servicios recibidos. Obregón era un canalla y un traidor; Pablo González, otro traidor, mal amigo y desagradecido; y ¿qué decir de la punta de chaqueteros que los seguían a impulsos del vil interés? Por fortuna todavía quedaban algunos hombres leales: allí estaban ellos dos, allí estaba Murguía, allí estaban Diéguez, Iturbe. Se juntarían todos para escarmiento de los traidores, de quienes ni el rastro quedaría.

Ante don Venustiano, al cual se acercó en seguida, acompañado y presentado por Mariel, fueron todavía más conmovedoras y explícitas las protestas de sus buenos sentimientos, de la sinceridad de su ayuda, de su gratitud. Don Venustiano, sin dar señales de emoción, lo escuchaba atento y benévolo: se acariciaba la barba con la mano que le dejaban libre las riendas; respondía con ademanes de parecerle aquello cosa esperada y muy natural, lo que acaso fuera el más elocuente elogio de lo que oía. Porque era confortante para él, en medio de tantos desengaños y tribulaciones, encontrar al fin un hombre, diferente de otros muchos, que cuando más se dudaba le salía al paso tendiéndole la mano. Desde Teotihuacán, donde lo habían esperado Murguía y Heliodoro Pérez; desde Apizaco, donde se le habían unido Pilar R. Sánchez, Margarito Puente, Flores Palafox, Hinojosa, no había vuelto a presentársele otro jefe amigo hasta ese momento en que Rodolfo Herrero, cordial y efusivo, lo acogía en la sierra de Puebla.

La columna siguió su marcha. Cabalgando al lado de don Venustiano, Herrero se apresuró a traducir en hechos la solicitud mostrada antes en las palabras. Empezó a dar toda suerte de informes sobre el valor táctico y estratégico de la comarca, sobre sus recursos, su gente, sus comunicaciones. Procuraba hacer para don Venustiano más llevaderas las fatigas de la jornada. Si llegaban a un tramo difícil, donde hubiera que apearse y tirar del caballo, lo ayudaba a desmontar, tomándolo por el brazo hasta ponerlo en tierra. Lo sostenía al salvar las zanjas, para que no resbalara, o al pasar por sobre los peñascos, para que no tropezara y cayese. Luego, ya el camino mejor, lo ayudaba a montar otra vez, para lo que le tenía el caballo por el ronzal y contrapesaba sobre la ación del otro estribo. Don Venustiano aceptaba de muy buena manera aquellas atenciones casi afectuosas y, entre tanto, correspondía a Herrero dándole instrucciones acerca de la campaña que debía desarrollar en la región mientras el gobierno volvía rehecho desde el Norte.

A nadie podía chocar que Herrero se portara así. Don Venustiano venía totalmente derrotado y desvalido, aunque lo disimulara detrás de su enorme entereza, y Herrero, que se sentía el amo de aquellas montañas, por donde a merced suya el gobierno huía ahora, no podía olvidar que semanas antes había tenido que rendirse, y que entonces Mariel, su padrino y protector en aquel acto, había venido hasta allí a recibirlo solemnemente entre sus tropas, y luego lo había llevado a la Ciudad de México para que el gobierno de don Venustiano lo acogiera. ¿Por qué Herrero no había de mostrar con efusión toda su gratitud, y más, creyendo, como decía, que sólo en los trances difíciles se revelaban los verdaderos hombres?

Hicieron alto en La Unión. Mariel insistió en que todos siguieran juntos hasta San Pedrito, desde donde se adelantaría él a Villa Juárez; pero ni lo aceptó don Venustiano, por los motivos que ya había expuesto en Patla, ni lo recomendó Herrero, para quien, resueltamente, según se lo había dicho a Cabrera, Tlaxcalantongo se ofrecía como el sitio más seguro, por razones militares, y el más a propósito por los forrajes y los alimentos. Mariel recomendó entonces a Herrero que lo sustituyese como guía de la columna hasta Tlaxcalantongo, y le encareció alojarla allá tan bien como se pudiera, y que no se apartara de ella las seis o siete horas que él tardaría en volver. Y en seguida, acompañado de César Lechuga, que así lo pidió, se fue por el camino de Villa Juárez, mientras la columna tomaba el de Tlaxcalantongo.

Al despedirse Mariel, don Venustiano le dijo:

—Mariel, sea usted cauto, muéstrese poco en Villa Juárez; y no olvide comunicarme pronto el resultado de sus entrevistas con Hernández y Valderrábano.

Empezaba a lloviznar, el cielo se oscurecía y relampagueaba. Por el camino, resbaladizo otra vez, la columna volvió a estirarse de uno en uno y a subir hacia Tlaxcalantongo bajo la amenaza del aguacero. Algo oculto, algo ominoso había en aquella lenta ascensión, y así lo hubieran sentido todos si a la cabeza de la columna, hablando alentadoramente cerca de don Venustiano, no hubiera ido Rodolfo Herrero.

V. TLAXCALANTONGO

Llegaron a Tlaxcalantongo como a las cinco de la tarde. Aquello no era un pueblo, ni una aldea, ni un lugar. Era una mala ranchería de cuarenta o cincuenta chozas cogidas entre la montaña, que se levantaba por la izquierda, y el borde del precipicio, que caía por la derecha. Herrero explicó que para caballos sólo había dos entradas: la del sur, por donde acababan de pasar, y la del norte, que daba acceso desde el Plan de Zaragoza, donde tenía él sus fuerzas. La montaña, hasta la parte visible entre la niebla, era escarpadísima; desde el fondo del precipicio subía el rumor del torrente que se estaba formando con el aguacero.

Guió Herrero la cabeza de la columna hasta una como plaza abierta en medio del caserío, junto a unas pilastras abandonadas y derruidas. Allí se acercó a una de las chozas —la de apariencia menos pobre— y, apeándose de un brinco, dijo a don Venustiano:

—Por ahora, señor presidente, éste será el Palacio Nacional.

Don Venustiano desmontó también, igual que todos los que le seguían; y sin decir palabra entró en la choza señalada por Herrero, a la cual éste lo hizo pasar cogiéndolo amablemente por el brazo. Detrás de ellos entraron Aguirre Berlanga, Mario Méndez, Gil Farías y los capitanes Suárez y Amador. Las paredes de la choza eran de tablas viejas y mal unidas; el techo, de palos y tejamanil; el piso, de tierra apenas apisonada en la que se clavaban las patas de una mesa y un banco arrimados al fondo, casi enfrente de la puerta y un poco hacia la izquierda.

—Todo esto —dijo Herrero— me parece muy pobre, señor presidente, pero, como refugio de una sola noche, puede bastar.

Y luego, todavía cogido entre sus dedos el brazo de don Venustiano, añadió:

—Ya lo tengo a usted en Tlaxcalantongo, ya me siento tranquilo.

Don Venustiano se asomó al exterior. No cedía la lluvia; a lo lejos la niebla espesaba. Herrero obtuvo permiso de ir a dar alojamiento a los demás de la columna y a poco se perdió entre los grupos de hombres, que desmontaban, que lentamente iban acomodándose como mejor podían.

En varias chozas de la plaza se alojaron Juan Barragán, Montes, Pilar Sánchez, Marciano González, Bruno Neira, Morales y Molina, Villela y otros. Más allá estaban Fontes, Ostos, Carlos Domínguez, León Ossorio, Landa Berriozábal, los Saldaña Galván. Algo más lejos, como a ciento cincuenta metros de don Venustiano, Urquizo y sus ayudantes se abrigaron debajo de un cobertizo de palos y ramas, donde parecían dispuestos a tenderse al mismo pie de sus caballos, y más lejos aún, don Ignacio Bonillas, Juan Amador y alguien más.

Murguía, Cabrera, Ugarte y varios oficiales se quedaron a la entrada del caserío, y tan pronto como estuvieron instalados se pusieron a considerar la situación, que no les parecía nada buena. Luego, con unos mapas a la vista, se dedicaron a estudiar minuciosamente las salidas que les quedaban.

Por de pronto, lo que más preocupaba a todos era la falta de alimentos y, más aún, la falta de pastura para los caballos. Muchos salieron a recorrer las chozas; no hallaban nada: ni tortillas, ni maíz, ni trigo. Los moradores de la ranchería, al parecer, habían escapado según se aproximaban ellos, acaso por temor, acaso con la idea de no prestarles ninguna ayuda. Fue cosa de ponerse a cortar yerba para que comieran algo los caballos.

Don Venustiano tuvo unos instantes de vacilación. ¿Convenía quedarse en aquel lugar, tan pobre, tan agrio, tan triste? ¿No era mejor seguir adelante, a lo que saliera? Vio a Suárez tirando de su caballo hacia el cobertizo que la choza tenía a un lado. Lo llamó, le ordenó:

—Capitán, no desensille usted. Monte y vaya a prevenir a todos que estén listos para continuar la marcha de un momento a otro.

Pero, minutos después, Suárez regresó diciendo que casi todos habían ya desensillado y andaban dispersos entre las casas en busca de comida y forraje.

—Está bien —contestó él.

Y agregó luego, como para sí mismo:

—De todos modos, es igual.

Fontes entre tanto, y con él otros, ayudados por algunos soldados de Murguía, habían bajado al río, por el lado del camino de La Unión, para que bebiera parte de la caballada. Eso hacían cuando de pronto divisaron unas indias que bajaban corriendo la ladera de la otra orilla y que llegaban hasta ellos. Les preguntaron qué les pasaba, que por qué corrían, y como ellas contestaran que veníanhuyendo de una tropa que se acercaba por detrás, Fontes y los otros supusieron que se trataba de la retaguardia de la columna, retaguardia, como siempre, formada por los soldados de Heliodoro Pérez.

Amador había encontrado algo de pastura para los caballos del presidente, y León Ossorio una gallina que le traía para la cena. Don Venustiano estaba en aquel momento a la puerta de su choza, protegido de la lluvia por los palos y yerbas del tejaván. Urquizo, que llegaba a pedir órdenes, conversó un rato con él:

—Creo que no estamos bien aquí, señor.

—¿Por qué, Urquizo?

—Porque no hay forraje para los caballos, que vienen despeados y hambrientos.

—Es cierto —comentó el presidente— estamos mal aquí, y bien podríamos caminar otras cuatro o cinco leguas, pues aún es temprano; pero tenemos que esperar las noticias de Mariel.

Se sentó en el umbral de la puerta, casi en el suelo. Y apreciando entonces, quizá por las palabras de Urquizo, quizá por la humedad que le llegaba a la carne, lo muy mal que por todos conceptos estaba él allí, llamó a Mario Méndez y le dijo, con su aire de reposo, todavía inalterable:

—Mario, vea usted si hay en este lugar una casa con piso de madera.

Pero a poco volvió Mario y le informó que ninguna de aquellas casas tenía piso de madera, y que ésa, entre todas, era la mejor.

—Bien —contestó—; aquí nos quedaremos. ¡Qué le hemos de hacer!

Y hubo en su acento asomos de disgusto o de fatiga; pareció como si su entereza, al fin, estuviera a punto de abandonarlo.

Secundino Reyes había conseguido atrapar al indio que ejercía la autoridad en la ranchería. Llegó con él. Don Venustiano le preguntó dónde estaba la gente que vivía en aquel sitio, que por qué no se veía a nadie. El indio le respondió que andaban todos allá arriba, por las lomas.

—Y ¿qué hacen allá?

—Cuidan sus labores, señor.

—Pues ordéneles usted que bajen ahora mismo y que nos traigan pastura para los caballos. Se les pagará lo que sea.

—Voy a buscarlos, señor.

Y se fue el indio y no regresó.

Venían a saludar a don Venustiano, ya solos, ya en grupos, Bonillas, Barragán, Montes, Marciano González, Carlos Domínguez y muchos otros. Conversaban con él un rato; luego se iban. Silencioso, Secundino Reyes metía en el interior de la choza los sudaderos y las monturas, y con eso se ponía a preparar las camas en que pasarían la noche. Carranza, según lo había indicado desde el primer momento en presencia de Herrero, se tendería en el rincón más lejano de la puerta, hacia la izquierda, de modo que la cabeza le quedara contra la pared del fondo y el costado derecho a lo largo de la otra pared. A su izquierda, como a un metro de distancia, se acostaría en igual sentido, y más hacia la mitad de la choza, Aguirre Berlanga; enfrente de ellos, Gil Farías y Mario Méndez, con la cabecera contra la pared de la puerta; y a mano derecha de ésta y en dirección perpendicular a los demás, los capitanes Ignacio Suárez y Octavio Amador.

Pasadas las seis se presentó Herrero con la noticia de que un hermano suyo, según acababan de avisarle, se había herido accidentalmente en Cerro Azul, por lo que él pedía permiso de ir allá, para ver en persona lo que pasaba y atender a las curaciones. Don Venustiano no sólo accedió, sino que le dijo que no se fuera sin buscar a Fontes, que traía un botiquín y podía darle vendas, algodón, yodo y alguna otra cosa que le hiciera falta.

Lo agradeció mucho Herrero, se conmovió; aseguró que así lo haría. Y cual si quisiera corresponder de algún modo a la gentileza de don Venustiano, le manifestó que estaba resuelto a no irse hasta después de haber colocado él mismo las avanzadas para la vigilancia de la noche, pues así se lo aconsejaba su conocimiento del terreno. Don Venustiano, que lo tuvo a bien, llamó entonces al capitán Suárez para ordenarle:

—Capitán, comunique usted de mi parte al general Murguía que se entienda con el coronel Herrero para la distribución de los centinelas y las avanzadas de esta noche.

Como se pensaba, se hizo. En parte por obedecer, en parte por no contar con bastante gente para la vigilancia, Murguía puso su escolta y varios oficiales a las órdenes de Herrero, y éste cogió aquellos hombres, casi los únicos disponibles, y fue a situarlos a la distancia que tuvo por conveniente.

Arreciaba la lluvia. Casi era torrencial cuando Murguía y Cabrera llegaron a ver a don Venustiano. Hablaron con él acerca de lo difícil de las jornadas; extendieron los mapas, y entre los tres buscaron el camino más corto hacia la sierra de Hidalgo y Querétaro, para seguir luego al Norte, conforme se quería. Comentando la ausencia de Mariel, que tardaría de cinco a seis horas, don Venustiano contó la súbita salida de Herrero hacia Cerro Azul, y entonces Murguía y Cabrera, francamente inquietos, propusieron ensillar otra vez y seguir hasta mejor paraje. Don Venustiano dijo que no: era difícil, la lluvia no llevaba trazas de parar, todos estaban cansados.

Cenaron poco después; y acabada la cena, que fue pobre y triste —triste como todo aquella tarde, triste como la lluvia que estaba cayendo—, Murguía y Cabrera se despidieron para retirarse a dormir y estar nuevamente listos a la madrugada. Aguirre Berlanga volvió a comentar entonces la ausencia de Herrero.

Dijo a don Venustiano:

—No me gusta nada, señor, que Herrero nos haya dejado de este modo. Don Venustiano, con zozobra ya perceptible, contestó:

—Sí, es verdad.

Pero se recobró pronto, y añadió como para darse ánimo:

—Herrero es hombre de confianza de Mariel. Además, nunca se impide que ocurra lo que ha de ocurrir. O nos va muy bien o nos va muy mal. Digamos como Miramón en Querétaro: «Dios esté con nosotros en estas veinticuatro horas.»

La noche se había echado encima. Secundino sacó de su morral un cabo de vela, lo puso sobre la mesa y lo encendió. Alumbrados por aquel débil resplandor siguieron departiendo con don Venustiano los cinco hombres que lo acompañaban. Unos se habían recostado en sus tendidos, otros seguían sentados en el banco.

Así estaban cuando, a las siete y media, Heliodoro Pérez vino a pedir el santo y seña de la noche. También él habló de sus inquietudes y recelos, y luego se fue.

En previsión de las largas horas que los aguardaban, observó don Venustiano que mejor era dormir desde luego y reservar la vela para alumbrarse durante los preparativos de la partida a la madrugada.

—Porque pronto —dijo— recibiremos noticias de Mariel, y conviene estar dispuestos para salir inmediatamente.

Apagaron la luz. Hablaron otro poco en la oscuridad. En seguida trataron de entregarse al sueño.

Corrieron las horas. Suárez y Amador cuchicheaban. Ya bastante tarde —¿la una?, ¿las dos?— se vio que una luz se acercaba a la choza. Amador se levantó a ver quiénes llegaban. Pistola en mano preguntó. Eran un ayudante de Murguía y dos indios, uno de los cuales traía el parte que Mariel mandaba desde Villa Juárez. Don Venustiano dispuso que se les hiciese pasar y que se encendiera la luz.

Cumplida su misión, el oficial de Murguía se retiró. Los indios, después de responder a unas cuantas preguntas de don Venustiano, que les hablaba incorporado a medias en su cama, no aceptaron quedarse en el cobertizo con los asistentes, sino que alegaron razones para regresar, pese a lo recio de la lluvia, y se fueron también. Carranza entonces, levantándose con una mano los anteojos, leyó en voz alta, mientras le acercaban la luz de la vela, el parte de Mariel, que decía esto: «Respetable señor Presidente. Tengo el honor de comunicar a usted que la comisión que se sirvió conferirme ha sido satisfactoriamente cumplida. El coronel Lindoro Hernández y el teniente coronel Valderrábano permanecen leales y están del todo a disposición de usted y resueltos a proporcionar lo necesario para que la columna continúe al Norte. Mañana, a primera hora, tendré el honor de comunicarle en persona los detalles de la entrevista.»

Terminada la lectura, don Venustiano comentó:

—La verdad es que no había podido dormirme por esperar esta noticia. Ahora sí, señores, podemos descansar.

Y otra vez apagaron la vela para que la oscuridad y el sueño los cobijaran.

No pasó mucho tiempo. Cerca de las tres o las tres y media, los fugitivos despertaron al clamor de grandes voces y a los disparos que se oían a la puerta misma de las chozas. Parecía que los asaltaban. «¡Viva Peláez!» «¡Viva Obregón!», y sonaba nutrido fuego de fusilería. Se levantaron como pudieron, y como pudieron empezaron algunos a salir.

Afuera, pese al estruendo, casi no vieron nada bajo la lluvia y entre la oscuridad, que era completa, aunque interrumpida por los relámpagos y los fogonazos. Cerca de la choza de Cabrera y Murguía se entabló un tiroteo, a la vez que sonaban otros en torno de la choza de don Venustiano, y más allá, donde estaban Bonillas y Amador, y hacia la parte ocupada por Fontes, Carlos Domínguez, Che Gómez y Landa Berriozábal, y también del lado donde se guarecían Urquizo y sus ayudantes.

—¡Ríndete, Carranza: tienes garantías!

—¡Ríndete, Murguía!

—¿Dónde estás, Bonillas?

—¿Dónde estás, Luis Cabrera?

Sueltos, espantados, empezaron a correr los caballos, algunos de los cuales caían heridos, o quebrados de las manos al tropezar con lo que encontraban en las tinieblas. Y mientras, seguían los gritos y las descargas; tan bien preparado todo, que al minuto de iniciarse el asalto ya era tremenda la confusión entre los que intentaban defenderse y los que pretendían huir. Peleaba Murguía, peleaban sus oficiales y asistentes; pero casi no partían disparos sino de las manchas claras de los asaltantes, apretados en grupos cerca de las chozas y dueños de ellas por las armas y los gritos. Ni un ¡viva Carranza!; ningún grupo de defensores que opusiera verdadera resistencia.

En el interior de la choza de don Venustiano las descargas se habían sentido cerradas desde el primer momento. Hendían las tablas por la parte donde estaba acostado él; lanzaban pedazos de las tazas y platos que habían quedado sobre la mesa. Afuera, junto a las tablas mismas, las voces gritaban: «Sal, viejo arrastrado: aquí viene tu padre.» «Sal, viejo: ora sí vamos a cogerte por las barbas.» Y brillaba intermitente, por entre los resquicios, la lumbre de los fogonazos, lo que parecía aumentar dentro de la choza la oscuridad, en la cual, a tientas, todos trataban de levantarse y defenderse.

Alargó don Venustiano el brazo para coger sus anteojos y ponérselos; mas al punto, sintiéndose herido, se empezó a quejar. Le preguntó Aguirre Berlanga, que también se había incorporado:

—¿Le pasa a usted algo, señor?

—No puedo levantarme; tengo rota una pierna.

Suárez y Amador ya estaban en pie. Armados de sus pistolas intentaron salir. Frente a la puerta no había nadie: el ataque parecía venir sólo de la parte de atrás. Por un momento los disparos fueron tan próximos, que dos de ellos parecieron producirse en la choza misma. Se volvió Suárez. A tientas llegó hasta don Venustiano y le pasó un brazo por la espalda, para levantarlo y ayudarlo a salir. Quiso hablarle, quiso animarlo, pero advirtió entonces que del cuerpo que tenía sujeto no salía ya más que un estertor. Cerca y lejos seguían los disparos y los gritos.

Pasaron así diez minutos, quince, quizás veinte. Disminuía el tiroteo y aumentaban las voces. Suárez seguía sosteniendo a don Venustiano; sentía correr la sangre y vibrar en el cuerpo el estertor. Pero pronto se resolvieron aquellas sensaciones, y la oscuridad de la choza, en la cercanía de un grupo de asaltantes que llegaban a la puerta intimando rendición y ordenando que salieran todos los que estaban dentro. Alguien les informó que el presidente se hallaba herido, que podían entrar, que nadie haría resistencia. Los asaltantes les mandaron entonces encender la luz, y, encendida ésta, pasaron. Los capitaneaba un hombre de quien después se supo que era pariente de Rodolfo Herrero. Entraron apuntando las carabinas, profiriendo injurias contra Carranza, cogiéndolo todo.

—¡A ver! ¡Dejen ahí al viejo! ¡Todos aquí!

Don Venustiano agonizaba. Su estertor era un ronquido más y más grueso, que se iba yendo, que se iba apagando. Entró otro grupo, al mando de un capitán y a los gritos de ¡viva Peláez! El capitán dijo que inmediatamente mandaría por un doctor. Todos callaron y esperaron. El estertor se hizo opaco y tenue. Don Venustiano expiró.

Vino entonces Secundino Reyes a hincarse de rodillas junto al cadáver. Lo acariciaba. Y él y Suárez estaban extendiéndolo en el suelo, y cubriéndolo con la manta que tenía cerca de los pies, cuando se presentó, con más gente, Miguel B. Márquez, secretario de Herrero y jefe de su Estado Mayor. Cogió el chaquetín de don Venustiano, el sombrero, el reloj, y dispuso que los ocupantes de la choza salieran a ponerse en fila con otros prisioneros.

Amanecía. Serían las cinco de la mañana. La niebla y la lluvia, ya menos copiosas, tamizaban la luz.

México, octubre de 1938

Febrero de 1913

I. HENRY LANE WILSON

Creía Henry Lane Wilson, embajador de los Estados Unidos en México, que la primera obligación de la República Mexicana era mantenerse quieta y en orden, pues así convenía a los intereses de los extranjeros, «que habían venido acá con su capital y su trabajo y habían dado al país el poco progreso de que en él se disfrutaba y todo el prestigio que tenía en el mundo». De allí que Wilson no imaginara para México mejor gobierno que el de Porfirio Díaz, cuya sabiduría política no se cansaba de alabar, ni gobierno peor que el de Madero, a quien aborrecía y despreciaba.

Wilson era un devoto del imperialismo de su país. Conceptuaba espléndidas cual ningunas las presidencias de Jackson, de Cleveland, de McKinley, de Teodoro Roosevelt, durante las cuales, en todo el mundo, «el ciudadano de los Estados Unidos anduvo siempre erguido, con la cabeza hacia las estrellas, y seguro en su fe de que, siendo justa su causa, por encima de él velaba el potente brazo de su gobierno».

«Cuando los griegos —decía— extendieron su comercio y su civilización por las bellas orillas del Mediterráneo, la falange griega, la galera griega se alzó como el centinela que lo guardaba. El comercio de los romanos y su civilización se extendieron a la zaga, no a la vanguardia, de las legiones del Imperio. La inquieta mano del comercio inglés ha llegado a todos los mares y continentes, pero el redoble de los tambores de Inglaterra circunscribe el mundo, y dondequiera que un súbdito inglés vive, trabaja y ora —grande o pequeño, rico o pobre— sobre él está, atenta y solícita, la mirada del gobierno británico. Así los Estados Unidos. Juntas las manos del capital y el trabajo de Norteamérica, entrambos inventan, modelan, ofrecen por los mercados del mundo los frutos de sus martillos, de sus fraguas, de sus telares y de otros mil complicados mecanismos inventados por la destreza del hombre. A ensanchar y estimular esos mercados van los agentes de los Estados Unidos. De ellos surgen agencias. De esas agencias surgen colonias, centros del comercio, de la cultura, de la expansión norteamericana, todas ellas devotas de las tradiciones de los Estados Unidos y de su bandera. Allí florecen el agricultor, el ingeniero, el maestro, el predicador, el periodista, el abogado y todos los otros elementos que dan vida a las comunidades de Norteamérica, más norteamericanos entonces que en su propio país, vanguardia de nuestra civilización, hombres que enseñan al mundo a conservar indemne la democracia. Si esas colonias se levantan en países donde es suprema la ley, inmaculada la justicia, su funcionamiento es normal y sosegado, inadvertido para los ojos del mundo. Pero si llevan el aletear de la aventura mercantil a tierras donde la ley es una burla, donde la justicia se vende al mejor postor, entonces, llegada la hora del peligro para su vida y sus propiedades, no cuentan ellas con otro apoyo que el de su gobierno.»

Además de imperialista, Henry Lane Wilson era, respecto de Madero, un gran resentido. Al ocupar la presidencia el caudillo de la Revolución de 1910, Wilson se imaginó que podría aconsejarlo, dominarlo, convertirlo en instrumento de una política favorable a sus miras personales y diplomáticas. Pronto descubrió que no sería así. Detrás de aquel hombrecito, tan bondadoso, tan ingenuo, tan versátil en apariencia, había puntos de voluntad irreductibles; había, contra cuanto pudiera creerse, un gobierno de sentido nacional, y había también, y sobre todo, un pueblo —pueblo a la vez informe y unánime, apático y apasionado, inhábil y resuelto, cuyas aspiraciones vagas, formuladas apenas, aquel hombrecito encarnaba y sentía.

Defraudado en sus esperanzas de llegar a ser bajo Madero una especie de procónsul de los Estados Unidos en México, Wilson buscó por caminos más modestos lo que la grandeza no quería darle, y fracasó también. Un día, terminada la sesión del Consejo, Madero comunicó a sus ministros una noticia relativa al embajador. Les dijo que durante una visita que había hecho a su esposa la de Wilson, ésta acababa de solicitar que el gobierno de México auxiliara al embajador con algún negocio, algo que le produjera unos cincuenta mil pesos anuales, pues el sueldo de representante de la Casa Blanca no bastaba para mantener la dignidad de tan alto rango. El presidente no se mostraba dispuesto a consentir en lo que Wilson pedía, pero como algún ministro opinase que acaso conviniera concederlo, pues, según sus noticias, en años anteriores ya se había dado a Wilson lo que pedía ahora, Manuel Bonilla y otros opinaron lo mismo que el presidente, y éste se mantuvo en la decisión ya tomada.

Aquella negativa de Madero fue la peor afrenta que Wilson podía recibir. Porque hay solicitudes —para nadie tan humillantes como para un embajador— que, escuchadas y atendidas, procuran a quien las hace cierto alivio en medio de su envilecimiento, pero que si son desairadas, no hacen sino dejar en carne viva el recuerdo envilecedor y el rencor que de ellas nace. ¿Previó Madero este resultado? ¿Debía haberlo previsto? Madero medía siempre, a impulsos de su carácter, la rectitud de los actos que ejecutaba, no la conveniencia de hacerlos o dejarlos de hacer. Por eso, siendo grande, incontrastable inspirador y encauzador de sentimientos y movimientos populares contra la injusticia, no supo ser nunca el estadista que convirtiera su visión nacional en una estructura política capaz de realizarse. La política, arte de gobernar y dirigir a los hombres salvándolos de sí mismos, exige un grado de perversidad que en Madero no existía ni podía existir. Madero sólo creía en la eficacia del bien.

Aclaraba a veces Wilson que su primitiva disposición hacia Madero se había inspirado en la más profunda simpatía. Pero no era ésa la realidad. Sucedía tan sólo que, en el primer momento, Wilson casi tuvo la certeza de que Madero se plegaría a la política que él deseaba para México.

«Creo que Madero —informaba entonces a Knox, Secretario de Estado— es un hombre patriota y honrado, que se enfrenta con hechos difíciles y se ve embarazado por el problema de reconciliar su propio credo, y el programa de la Revolución, con las condiciones existentes y las graves necesidades de la hora. A no dudarlo, a Madero le gustaría gobernar conforme a sus ideas altruistas; pero a medida que pasan los días va advirtiendo que esas ideas no son compartidas por ningún grupo considerable de sus partidarios y que lo más del país entiende la libertad como libertinaje, se ríe de los consejos paternales y sólo respeta la mano de hierro capaz de domeñarlo. He conversado largamente con él y advierto que está alejándose de sus propósitos de llegar a un arreglo con jefes de bandidos y forajidos, y que se propone someterlos dondequiera que se levanten contra el gobierno. También van siendo otras sus ideas preconcebidas acerca de la libertad de imprenta, pues recientemente me informó que tenía en estudio medidas para limitar y reprimir las críticas peligrosas y las faltas de respeto capaces de producir trastornos públicos y complicaciones internacionales. Está, además, ansioso de que vengan más extranjeros al país, a quienes no sólo recibirá bien, sino que protegerá en todo. Mucho me agrada también el gabinete de Madero, que por sus simpatías parece inclinarse en favor de los norteamericanos y quiere hacerles justicia en sus intereses.»

Pero poco después vino el desacuerdo. Se vio que el presidente revolucionario no abandonaba sus propósitos reformadores, ni seguía las inspiraciones políticas del embajador, ni estaba dispuesto a colmarlo de favores, y entonces la decoración cambió. No cumplía aún dos meses el primer informe de Wilson, cuando ya estaba éste diciendo a su gobierno, o insinuándole, cosas muy diferentes de las anteriores:

«Hierve en México el descontento, sobre todo entre las clases elevadas y cultas, que son, al fin y al cabo, las que han de mandar en este país, bien porque se opere un cambio en la actitud del gobierno, bien porque se produzca francamente una rebelión. Por ahora los males se soportan; pero con el transcurso del tiempo, y su acción cicatrizadora, un caudillo distinguido, como Félix Díaz, De la Barra, Limantour, podrá conseguir, ante cualquier cuestión política radical, que la rebelión prenda desde el Río Grande hasta la frontera de Guatemala. Los dos puntos que en este momento afectan más a la opinión pública —especialmente a la opinión extranjera financiera y comercial— son, primero, la incapacidad del gobierno para poner las leyes en vigor e impedir que el libertinaje y la ilegalidad se propaguen, y segundo, las peligrosas tendencias gubernamentales hacia medidas económicas impracticables y absurdas. La propagación del libertinaje y la ilegalidad provienen, en parte, de la Revolución, y en parte de los discursos y declaraciones de Madero. Las medidas económicas que el gobierno piensa implantar se encaminan, según dicen, a cumplir compromisos revolucionarios; las más trascienden a socialismo de Estado y son del todo inadecuadas a este pueblo, que en materia de gobierno no comprende, por su misma tradición, por su incultura, por su educación defectuosa, nada que sea ajeno a la idea de la fuerza o a la existencia de un poder central.»

Hubo algo que llevó al colmo el enojo de Henry Lane Wilson. En diciembre de 1912, a consecuencia de la incomprensión e irritabilidad de que había él dado pruebas en los últimos meses, Madero mandó a Washington a su Ministro de Relaciones Exteriores, Pedro Lascuráin, para que personalmente hablara con Knox. Luego le telegrafió que viese a Woodrow Wilson, electo ya para suceder en la presidencia a Taft, y le pidiera la separación del embajador. «Si es necesario —añadía Madero— diga usted que desde hace tiempo el gobierno de México informó al de Washington que Henry Lane Wilson no es persona grata y que si no hemos obrado en ese sentido, ello se debe a nuestro deseo de que el nuevo presidente lo retire sin que medien exigencias de nuestra parte.»

El 1° de enero de 1913 se celebraron en el Palacio Nacional las ceremonias de felicitación al Presidente de la República. Al tocarle su turno al Ejército, el general Manuel Plata, a cuyo lado estaban los generales Victoriano Huerta y Lauro Villar, dijo así a Madero, dirigiéndose a él en nombre de todos los generales, jefes y oficiales presentes:

«El ejército mexicano, que no tiene otros fines que la salvaguarda de las instituciones, la conservación del orden social y el bienestar de la patria, se honra en felicitar al Presidente de la República y en formular los más sinceros votos por su felicidad.»

Madero contestó:

«El ejército mexicano, eficaz sostén de nuestras instituciones y factor decisivo en el mantenimiento de la paz y el orden, engrandecerá al pueblo de México, y se engrandecerá a sí mismo, cuando pueblo y ejército se unan en las filas. Unidos así para sostener al gobierno, el pueblo, generoso defensor de la justicia, y el ejército ejemplar, el advenimiento de la paz será un hecho próximo y el servicio obligatorio encauzará el civismo de nuestros ciudadanos.»

En la ceremonia del cuerpo diplomático dijo el ministro de España, don Bernardo J. de Cólogan:

«Señor Presidente, no acude hoy al Palacio Nacional el cuerpo diplomático para llenar la fórmula de un rito. Bajo el manto de estas solemnes exterioridades existen sentimientos inconformes con las subdivisiones geográficas y con los exclusivismos del afecto, individual o colectivo. La solidaridad creciente entre los hombres, y la malla de los intereses económicos, dificultan cada vez más las luchas entre las naciones y tienden a mitigar en los pueblos la propensión a la turbulencia, que sólo sería inobjetable en un régimen de absoluto aislamiento, lo cual no quiere decir que se desconozca la posibilidad de problemas y conflictos cuya solución concierna exclusivamente al pueblo que los padece. Este concepto, a la vez humanitario y distante de lo que pudiera tildarse de injerencia en la vida interna de cada país, atiende al bien propio, pero quiere también el ajeno, según aquí bastan a probarlo las espontáneas simpatías que sienten por la suerte de México las colonias extranjeras y el modo como colaboran con la sociedad mexicana cumpliendo la ley santa del trabajo. Por eso ningún pensamiento podría ser ahora más adecuado entre nosotros los miembros del cuerpo diplomático, que el desear con ardor que este año que hoy empieza vea afirmarse la alborada de tiempos más tranquilos, y que en él cese toda lucha armada y se arraigue cada vez más la orientación hacia los procedimientos legales, gracias al libre funcionamiento de las fuerzas sociales y políticas. Así podrá el gobierno, dignamente presidido por Vuestra Excelencia, dedicarse a fomentar, en sana concordia, el progreso cultural, ya tan acentuadamente iniciado, y procurar el desarrollo de las fuentes vivas de riqueza que atesora el suelo mexicano.»

Madero contestó:

«Tiene mucha razón el señor ministro de España al afirmar que cada vez es mayor la solidaridad entre los pueblos y que cada vez afectan más a unos los acontecimientos ocurridos en los otros. La crisis que ha atravesado la República Mexicana durante estos últimos años ha sido una crisis necesaria, puesto que cuando un pueblo ansía conquistar su libertad, ningún sacrificio es demasiado grande para ello. Pero en una crisis como ésta los acontecimientos deben apreciarse desde un punto de vista alto y elevado; cuando un pueblo pasa por una convulsión así, no deben tenerse en cuenta los sacrificios realizados, sino las ventajas y los triunfos que se han de obtener. Nosotros lamentamos profundamente que algunos de nuestros huéspedes hayan sido víctimas de las inevitables consecuencias de la revolución. Lamentamos que en algunos puntos sus intereses hayan sufrido. Pero es indudable que a los extranjeros que residen en el país toca también, lo mismo que a los mexicanos, contribuir con su contingente de sacrificio para el bien común. Estoy seguro de que los perjuicios que han recibido algunas empresas extranjeras están ampliamente indemnizados con los beneficios que reciben. Pese a las vicisitudes sufridas por algunas de esas empresas, es seguro que el resultado general de sus operaciones es muy satisfactorio, y su rendimiento total, o sea, las utilidades que obtienen en conjunto los capitales extranjeros invertidos en México, han de ser por fuerza, no obstante los últimos contratiempos, muy superiores a las que obtendrían en sus respectivos países. Viendo las cosas así, no cabe dudar que todas las naciones amigas de México se alegrarán del enorme paso que hemos dado, pues pueden abrigar la seguridad de que una vez pasada esta crisis, la paz se restablecerá en absoluto, teniendo por base la ley y el derecho, y como bien saben los señores representantes de las naciones extranjeras, paz que se funda en el derecho y la justicia es paz firme y duradera. Que esto ocurra, lo deseamos ardientemente, y tengo fe en que al realizarse ese acontecimiento, todos los mexicanos residentes en México se beneficiarán.»

Henry Lane Wilson no asistió a la ceremonia de Palacio; se hallaba de vacaciones en los Estados Unidos. Pero volvió a su puesto el día 5 de aquel mes y en seguida se puso a mandar a Knox tales pinturas del régimen maderista, que no las hubiera hecho con tintas peores el más encarnizado enemigo político de Madero.

II. BERNARDO REYES

Al triunfar la Revolución de 1910 había vuelto a México el general Bernardo Reyes. Se mostraba —así al menos quería hacerse aparecer— comprensivo y desinteresado. Llegó diciendo a Madero que no venía a disputarle la Presidencia de la República, pues consideraba peligroso meter al país en una lucha electoral cuando no estaba aún totalmente pacificado, y reconocía que la opinión señalaba para aquel puesto a quien había vencido en defensa de los principios democráticos. Él no quería sino completar con su experiencia la popularidad y la buena fe de Madero, a quien juzgaba joven e inexperto, y de allí que se limitara —cosa que recalcaba y repetía— a ofrecer sus servicios en apoyo del gobierno provisional de don Francisco León de la Barra.

Madero, generoso ante todo —e inclinado a una política conciliadora, capaz de evitar a México hondas perturbaciones—, acogió a Reyes en forma benévola, casi con cariño, y le tomó en cuenta sus plausibles propósitos ofreciéndole nombrarlo Ministro de la Guerra tan pronto como él llegara a la Presidencia de la República. Más aún: a Rodolfo Reyes, hijo de don Bernardo, se le invitó desde luego a que ocupara la Subsecretaría de Justicia, pero él no aceptó, temeroso de que eso pudiera estorbar las aspiraciones políticas de su padre.

Después de su entrevista con Madero —era a mediados de junio de 1911—, don Bernardo publicó un manifiesto en que renunciaba a su candidatura y se adhería al nuevo orden de cosas; pero dócil a quienes le hablaban al oído, y con el pretexto de que los amigos de Madero, lejos de entender y agradecer la actitud del excandidato, lo rechazaban y atacaban, varió de opinión un mes después, no obstante la incontenible ola del entusiasmo maderista que dondequiera lo envolvía.

Así las cosas, el 16 de julio Madero escribió a don Bernardo una carta en que lo relevaba de todo compromiso, o más exactamente, en la que declaraba no haber habido entre los dos ningún compromiso que obligara al general Reyes a lanzar o no lanzar su candidatura, «lo que habría sido un pacto indigno de ellos», y de allí resultó que a principios de agosto ya estuviera Reyes en plena campaña electoral, después de otra entrevista con Madero. En ésta confirmó sus intenciones de llevarlo todo por los caminos democráticos y dio su palabra de honor de que en ningún caso recurriría al uso de las armas, «promesa que garantizaban sus antecedentes militares».

Se alarmaban los maderistas por la conducta de Reyes y por la benevolencia con que Madero lo trataba. Pero les contestaba él que no tenían razón.

«Reyes —les decía— cuenta con dos caminos para oponerse a la nueva situación revolucionaria: el democrático y el del cuartelazo. Si, a pesar de todo, su candidatura prospera y logra atraer la mayoría de los votos, yo no veré ninguna amenaza en él, pues el pueblo mexicano es dueño de darse los gobernantes que guste, y yo seré el primero en respetar la voluntad de la mayoría de mis conciudadanos, aparte de que nunca he pretendido que se me dé un puesto como recompensa de mis pocos servicios. En cuanto al camino del cuartelazo, lo creo muy difícil. ¿Con qué pretexto invitaría el general Reyes a los jefes militares para que lo secundaran en un movimiento de ese género? ¿Qué podría decirles después del manifiesto que ha publicado adhiriéndose al nuevo orden de cosas? Para lanzarse a una empresa tan injustificada, y de un modo tan felón, sería preciso que él y los jefes a quienes se dirigiera estuviesen desprovistos de todo patriotismo y de toda idea de la dignidad personal.»

A principios de septiembre, confrontado Bernardo Reyes con el evidente fracaso de sus empeños electorales, empezaron a correr rumores de asonadas y levantamientos. Madero no quería prestarles oído, pues cualquier propósito de esa naturaleza le parecía impracticable e insensato. Estaba seguro de que un movimiento militar reaccionario pondría nuevamente en pie a toda la nación, y que eso podían verlo hasta los ciegos. Pero tanto le ponderaron el peligro sus partidarios, que accedió a ver a De la Barra para quejarse de que el gobierno no persiguiera la labor sediciosa de Reyes y sus amigos, promotores de disturbios y corruptores del ejército.

«Desde que llegó usted —le decía— al puesto que ocupa no tanto por ministerio de la ley cuanto porque en ello estuvo conforme el partido revolucionario, me manifestó en conversaciones privadas, y lo ha demostrado elocuentemente en sus actos públicos, que aceptaba los principios de nuestro partido y se adhería a él. Pues bien, estando perfectamente comprobado que Reyes conspira y prepara un levantamiento, veo con profunda pena que no ha tomado usted ninguna clase de medidas para impedir esos preparativos bélicos y salvar el depósito de nuestras libertades, puesto por nosotros en sus manos.»

El buen deseo de algunos políticos consiguió entonces que se formara una comisión mixta, de representantes de Reyes y de Madero, la cual se reunió ante De la Barra y levantó un acta haciendo constar que por ningún motivo Madero ni Reyes se valdrían de sus partidarios para recurrir a un cuartelazo. De la Barra felicitó a los dos contrincantes por el patriotismo de que daban prueba, mas ello no impidió que dos semanas después Bernardo Reyes optara por abandonar la lucha democrática y saliera secretamente de México hacia Veracruz, donde se embarcó rumbo a los Estados Unidos. A sus partidarios les envió un telegrama, diciéndoles:

«Para evitar más desmanes y eludir confusiones de maderistas salgo por ahora de la República. El partido que encabezo debe permanecer en pie, para desarrollar su acción al obtener las garantías que hoy le faltan, en la inteligencia de que oportunamente vendré a ocupar mi puesto, siempre cubierto con la bandera de la ley.»

Don Bernardo se ausentó de México a fines de septiembre. Un mes después, desde San Antonio Texas, lanzaba proclamas sediciosas y hacía llamamientos a la rebelión contra Madero, que ya era Presidente de la República. De allí a poco decidió volver al país. Cruzó el Bravo el 13 de diciembre, fecha en que ya cundía entre sus partidarios el propósito de desconocerlo. El día 14 se proclamó alzado en armas contra el gobierno de la Revolución, y unos cuantos días después, viendo que nadie acudía en su apoyo, y casi solo, se constituyó prisionero del destacamento rural de Linares, al cual se presentó, a la vez que telegrafiaba al general Jerónimo Treviño, Comandante Militar de la zona, la siguiente explicación de su conducta:

«Para efectuar la contrarrevolución llamé a los revolucionarios descontentos, al ejército y al pueblo, y al entrar al país, procedente de los Estados Unidos, ni un solo hombre ha acudido. Esta demostración patente del sentir general de la nación me obliga a inclinarme ante ese sentir, y, declarando la imposibilidad de hacer la guerra, he venido a esta ciudad la madrugada de hoy a ponerme a la disposición de usted para los efectos que correspondan, presentándome a la primera autoridad del municipio y al jefe de la fuerza. Verificado este acto, solicito, y no para mí, sino para los que en alguna forma se han comprometido por mi causa, una amplia amnistía, que, sin duda, de concederse, concurrirá a serenar la República.»

Don Bernardo fue trasladado a la Ciudad de México, sometido a proceso e internado en la prisión militar de Santiago, adonde vino a unírsele su hijo Rodolfo, que se declaró en todo cómplice de su padre y anduvo pidiendo que también a él lo encarcelaran y procesaran, lo que consiguió al fin. Pero apenas se vieron juntos en la prisión, padre e hijo resolvieron considerarse víctimas de Madero, a quien afeaban no osar fusilarlos, como se podía esperar, por el delito de haberse levantado en armas, ni decidirse a evitarles la tortura de que los jueces los tuvieran presos para juzgarlos. ¿Cómo no comprendía Madero —clamaban— que en vez de consentir la acción de los tribunales debía llamar al general Reyes; exigirle, bajo palabra de honor, promesa de salir del país para no volver, y darle así ocasión de terminar su vida militar y pública, todo lo cual se armonizaría con la grandeza moral de los vencedores?

A los seis meses de aquello, Rodolfo logró su libertad gracias a la misma acción personal con que antes había conseguido que lo metieran preso, y pudo así dedicarse a conspirar con mayor eficacia. Él lo hacía ahora en la calle, mientras don Bernardo seguía conspirando desde la prisión, olvidado ya de aquella «necesidad de ser implacable consigo mismo» que había sentido al entregarse en Linares, y de su decisión de «no concurrir de ninguna manera a las desgracias de la patria, aunque ello le demandara entregarse en holocausto».

¿Era un iluso el general Bernardo Reyes? ¿Era sólo un ambicioso engañado por el falso concepto de su personalidad y su capacidad? No pueden negarse las grandes cualidades que tenía, pero tampoco el hecho de que obraba, una vez y otra, con una inconsistencia política, o una ceguera, de que apenas hay ejemplo. Siempre con el nombre de la patria en los labios, por patriotismo hacía las cosas más infecundas, extrañas o contradictorias. Por patriotismo no se había enfrentado con Porfirio Díaz cuando todo México se lo aconsejaba aclamándolo. Por patriotismo había vuelto al país cuando la ola del maderismo le indicaba no volver. Por patriotismo se había levantado en armas contra Madero precisamente cuando nadie estaba dispuesto a seguirlo. Por patriotismo se rindió cuando su rendición no era indispensable ni significaba nada. Y por patriotismo, tras de reconocer su error y proclamar que debía castigársele, se entregaba a conspirar de nuevo y más insensatamente que antes. Acaso pudiera decirse de él que se creía y se sentía un patriota, y que obraba siempre, leal en el propósito, a impulsos de esa convicción, pero que, en realidad, su patriotismo no era bastante para señalarle dónde estaba el verdadero bien de la patria.

Su ansia de echar por tierra al gobierno de Madero alcanzó en Santiago Tlaltelolco caracteres de obsesión: llegó a ser una especie de frenesí. «Quiero salir a pelear», repetía con frase constante y casi única. Creyéndose todavía dueño del prestigio, tan grande como inexplicable, de que había gozado en otros tiempos, y que entonces no había sabido usar, todo su empeño era salir de la prisión «para consumar su carrera de soldado pacificando al país». Quería que se aceptaran sus planes militares y que se le encargara de consumarlos, y si buscaba aliados era sólo para eso. Se creía el llamado a «enderezar los derroteros de su pueblo, y a detener y encauzar muchedumbres desoladas y hambrientas, que descendían a buscar en el crimen reivindicaciones justas en su origen».

III. CONJURA INTERNACIONAL

En octubre de 1912, el general Félix Díaz, imbuido, por la sola circunstancia de ser sobrino del dictador derrocado, en la idea de que la patria lo requería para que la gobernase, se había apoderado de Veracruz por medio de una asonada militar que no tuvo eco en el ejército ni en el país y que fue vencida en menos de una semana.

Preso Félix Díaz, Madero dispuso que se le aplicara el máximo rigor de la ley, «pero respetando en todo los fueros de los tribunales», salvedad, esta última, que valió al prisionero el no ser fusilado. Rodolfo Reyes, que acudió solícito a defenderlo, junto con dos o tres abogados más, no halló difícil su tarea, y tuvo, por añadidura, la oportunidad y satisfacción de poner en contacto los elementos políticos y militares que conspiraban en México con los que habían conspirado, y seguían conspirando, en Veracruz.

Contaba Félix Díaz con los generales Manuel Mondragón y Manuel Velázquez. Contaba Reyes con el general Gregorio Ruiz. Unida la acción de todos, siguió adelante, más o menos solapada, más o menos ostensible y cínica, la labor corruptora cerca del ejército, y se delinearon proyectos y planes.

De todo aquello eran alma Rodolfo Reyes y el general Mondragón, y, en grado menos importante, pero no menos activo, múltiple y tenaz, otros civiles, entre ellos, de primera fila, el doctor Samuel Espinosa de los Monteros y Miguel O. de Mendizábal. Hubo pláticas de inteligencia con el grupo de conspiradores que encabezaba Alberto García Granados. No se logró la unión con los hermanos Vázquez Gómez, que preferían seguir conspirando por su cuenta. Rehusó aliarse Emiliano Zapata, levantado en el Sur; pero se consiguió en Chihuahua la conjunción con el orozquismo, casi agónico.

Al principio se creyó en la posible fuga de don Bernardo y su marcha, al frente de tropas sublevadas, sobre Veracruz; se creyó en la simultánea evasión suya y de Félix Díaz para ir los dos a sumarse en el Norte con lo que quedaba de las fuerzas de Orozco, o a Toluca, para unirse a las tropas del general Velázquez, que se sublevaría al mismo tiempo que los conjurados de Veracruz y de México. Pero pronto se cayó en la cuenta de que cualquier plan resultaba descabellado y ponía en peligro la vida de uno u otro de los dos caudillos, si Félix Díaz no estaba también en la capital y si el movimiento no se hacía con el objeto inmediato de apoderarse de Madero y su gabinete y de quitarles desde luego todos los resortes del poder.

¿Podía conseguirse que Félix Díaz fuera trasladado de San Juan de Ulúa a una prisión de la Ciudad de México? Sí se podía. El 14 de enero de 1913, el cónsul de los Estados Unidos en Veracruz, míster Canada, mandó a Henry Lane Wilson un telegrama en que le decía:

«Tengo informes, auténticos a mi juicio, según los cuales el gobierno de Madero proyecta en Veracruz un simulacro de movimiento armado, para matar en la prisión a Félix Díaz y sus compañeros y hacer creer que murieron accidentalmente, o que hubo razón para ejecutarlos. Ante el peligro de que el levantamiento se produzca de un momento a otro, mi ayuda ha sido solicitada para salvar el buen nombre del país. Si nuestro gobierno quiere apresurarse a tomar medidas capaces de impedir este hecho, desde luego puede evitarlo con sólo hacer que la embajada entere a Madero de que la trama ya no es un secreto. También podría el Departamento de Estado dar la noticia a la prensa, o conseguiría el mismo resultado saludable con la presencia de un crucero en este puerto.»

Henry Lane Wilson apenas si quería otra cosa. Esperó impaciente las instrucciones de Knox, y tan pronto como le llegaron se presentó al Ministro de Relaciones Exteriores para hacer saber al gobierno mexicano lo que el gobierno de los Estados Unidos pensaba acerca de aquel posible suceso. No era ¡imposible! —empezó aclarando— que el Departamento de Estado o la embajada acogieran como ciertas las versiones que les llegaban, ni menos que les bastara recibir determinados informes para formarse juicio sobre un propósito a tal punto cobarde y criminal. Pero, de cualquier modo —concluía—, perjudicaba grandemente al gobierno mexicano que hubiera personas dedicadas a propalar semejantes rumores. Convenía, pues, procurar de cualquier modo la captura y castigo de los responsables, y el gobierno norteamericano aconsejaba que eso se hiciera.

No se sabe lo que don Pedro Lascuráin haya contestado a la gestión de Henry Lane Wilson, que ocultamente se convertía en instrumento de los conspiradores, y de modo ostensible, e injurioso en el fondo, se entrometía en una cuestión ajena a sus funciones. Pero el hecho es que al día siguiente de aquello el gobierno dispuso el traslado de Félix Díaz, bien para protegerlo de los riesgos que pudiera correr, bien para evitar que se fugase a la sombra de lo que se fraguaba. Y así, el 24 de enero el preso quedó alojado en una celda de la Penitenciaría del Distrito Federal.

El primer paso en el camino de los conspiradores estaba dado. Sólo les faltaba acabar de urdir sus planes y escoger el momento propio para la acción. ¿Eran bastantes los recursos con que contaban? Se buscó atraer a Victoriano Huerta, despechado porque no se le volvía el mando de la División del Norte; pero él, reservado o indeciso en la apariencia, ni rehusaba francamente ni aceptaba de plano, en espera, quizá, de que lo nombraran jefe supremo de la rebelión. Más aún: a veces daba a entender que, de no ser así, denunciaría al gobierno lo que se tramaba.

IV. LA CONTRARREVOLUCIÓN

Dos hechos eran evidentes al principiar enero de 1913: el total desprestigio de Madero entre las clases conservadoras, que no habían dejado de atacarlo y befarlo con las peores armas desde que lo vieron en el poder, y el profundo descontento, el desmayo, la desesperación con que todos sus partidarios —hasta los más firmes— lo veían empeñarse en una política tolerante y conciliatoria.

Porque es la verdad que toda aquella atmósfera contraria al maderismo nacía no de actos revolucionarios del gobierno en los que el enemigo pudiera señalar como cosa palpable la insensatez de la Revolución, sino justamente de la ausencia de esos actos. Por sobra de fe en la persuasión y la bondad, Madero no había acometido la obra revolucionaria al otro día de su encumbramiento, y eso, transitoriamente, lo aniquilaba. Quienes lo habían llevado al triunfo, o habían deseado verlo triunfar, se revolvían ahora contra él o lo miraban con desvío y desencanto, aunque casi todos le permanecieran íntimamente fieles; y quienes lo habían combatido, o habían temido que triunfara, lo despreciaban ahora, y se ensañaban con él, usando para destrozarlo las mismas libertades que él les había dado. Nunca una prensa innoble y ciega ni unos políticos extraviados por la pasión fueron más crueles e injustos al atacar a quien los protegía en sus excesos, que entonces *El Imparcial, El Mañana, El Multicolor,* y los llamados «tribunos del Cuadrilátero». Nunca una clase conservadora, por simple odio a quien no la trituraba pudiendo hacerlo, ansió tanto la caída de un hombre, como la que entonces ridiculizaba y vilipendiaba a Madero, sin darse cuenta de que, por de pronto al menos, él estaba salvándola de la ruina.

Y de aquel modo, Madero, que se enajenaba la devoción de sus partidarios y amigos por no atajar desde el gobierno a la conjura de los reaccionarios, no se granjeaba la piedad de éstos, ni su simpatía, ni su tolerancia, sino la burla, el escarnio y la calumnia, convertibles en acción, franca o solapada, que pronto lo destruyera. Eran la ceguedad, la pequeñez, la incontenible pasión rencorosa, dominantes y feroces frente a un hombre bueno, de espíritu apostólico, débil ante la tragedia de «no poder encontrar —igual que nadie la habría encontrado— la fórmula de gobierno apta para una sociedad que bruscamente, sin preparación, pasaba de un régimen severo, negación de la libertad, a otro, blando, que proclamaba todas las libertades».

Porque entre aquel ambiente de antimaderismo, activo o pasivo, cundía palpable y casi definida —se pronosticaban hechos, se mencionaban nombres— la inminencia del levantamiento militar que derrocaría al gobierno. Si los grandes periódicos, sin decirlo, querían que el hecho ocurriese, y lo fomentaban, los periódicos ínfimos, en su impaciencia agorera, casi lo denunciaban. Y en el rumor callejero, igual. Se hablaba de Victoriano Huerta, de Bernardo Reyes, de Félix

Díaz, de Manuel Mondragón en términos de certeza sobre cuándo, cómo y con quién se sublevarían. La policía, naturalmente, estaba al tanto; además, gente adicta al gobierno traía a los ministros noticias y detalles de lo que se tramaba. Pero todos se sentían abúlicos, todos se hallaban como paralizados por la falta de entusiasmo o el desvanecimiento de la fe, y algunos se contagiaban de la filosofía optimista de Madero, que tenía por imposible que ningún mal lo acechara. Creía él que los mexicanos eran fundamentalmente buenos y estaba seguro de representar, junto con sus colaboradores, el principio del bien.

Una noche, a mediados de enero, don Jerónimo López de Llergo se presentó en la casa del Vicepresidente de la República para comunicarle que Victoriano Huerta, según le acababa de informar un alto jefe de la Secretaría de Guerra, acaso se alzara en armas aquella misma noche, seguido de una parte de la guarnición de la plaza. Pino Suárez mandó decir a García Peña, Ministro de la Guerra, lo que sabía, y éste, recibiendo la noticia con cierto desdén, observó: «Si no se tiene confianza en el ejército ni fe en los hombres, no se puede gobernar.» A poco, avisado de lo que se decía, Victoriano Huerta acudió a presencia de Pino Suárez y le protestó lealtad, con mil razones y en todos los términos imaginables.

A tanto llegaba aquella situación —la de un gobierno inclinado a practicar la doctrina de la no resistencia al mal, y decidido a dejar sueltas las fuerzas malignas confabuladas en su contra— que libremente se discutían en el Congreso y en los periódicos las ventajas o desventajas de que la legalidad sucumbiera. «El esfuerzo de los mexicanos —decía el señor Calero— debe tender a que el gobierno corrija sus graves deficiencias, para que pueda vivir toda su vida constitucional. Considero ciega la labor de los que piden la caída del Presidente. Si este gobierno cae por obra de una revuelta, estaremos perdidos, porque entraremos en un nuevo ciclo de revoluciones y cuartelazos.»

Hondamente alarmados por cuanto se sabía o se esperaba, los diputados adictos al gobierno, que eran los más, fueron el 13 de enero ante el Presidente de la República y le leyeron un memorial preñado de signos ominosos.

«La Revolución —le decían— se ha hecho poder, pero no ha gobernado con la Revolución. La Revolución va a su ruina, arrastrando al gobierno emanado de ella, sencillamente porque no ha gobernado con los revolucionarios, pues sólo estando los revolucionarios en el poder se podrá sacar avante a la Revolución. Las transacciones y complacencias con individuos del régimen político derrocado son la causa eficiente de la situación inestable en que se encuentra el gobierno. ¿Cómo es posible que se empeñen, o se hayan empeñado, en el triunfo de la causa revolucionaria personas que desempeñan, o han desempeñado, altas funciones políticas o administrativas en el gobierno de la Revolución sin estar identificadas con ella? ¿Cómo, si no la sintieron, ni la pensaron, ni la han amado, ni pueden amarla? La labor emprendida por esas personas infidentes ha prosperado en muchos estados de la República y hierve y fermenta en odios contra el gobierno de la ley. Era natural y lógico que sobreviniera la contrarrevolución, pero también lo era que ésta hubiese sido sofocada ya por el gobierno más fuerte y popular que ha tenido el país. Sin embargo, ha acontecido lo contrario. ¿Por qué? Primero, porque la Revolución no ha gobernado con los revolucionarios; después, porque el gobierno ha olvidado que las revoluciones sólo triunfan cuando la opinión pública es su sostén, y vamos camino de que la contrarrevolución consiga adueñarse de la opinión pública. ¿Qué ha hecho el gobierno para mantener incólume su prestigio? El gobierno, creyendo respetar la ley, ha consentido que sea apuñalada la legalidad. La contrarrevolución existe cada vez más peligrosa y extendida, no porque los núcleos contrarrevolucionarios sean hoy más fuertes, sino porque va apoderándose de las conciencias por medio de la propaganda de la prensa, que día a día conculca impunemente la ley, labrando el desprestigio del gobierno, mayor cada vez, y porque todo el mundo piensa ya que este gobierno es débil. Se le ultraja, se le calumnia, se le menosprecia, todo impunemente. La prensa ha infiltrado su virus ponzoñoso en la conciencia popular, y ésta llegará al fin a erguirse un día contra el gobierno en forma violenta e incontrastable, en la misma forma en que antes se irguió contra la tiranía. Debemos, pues, concluir que la contrarrevolución parece fomentada por el propio gobierno, fomentada con sus contemplaciones y lenidades para con la prensa de escándalo, fomentada por medio del Ministerio de Justicia, que se ha cruzado de brazos violando la ley, que es violar la ley consentir en que ella sea violada. El propósito de la contrarrevolución es evidente: hacer que la Revolución de 1910 pase a la historia como un movimiento estéril, de hombres sin principios que ensangrentaron el suelo de la patria y la hundieron en la miseria. Los medios de que la contrarrevolución se ha valido y se vale son: el dinero de los especuladores del antiguo régimen, la pasiva complicidad de los dos tercios de los gobernantes de la República y la deslealtad de algunos intrigantes que fueron objeto de inmerecida confianza. Sus adalides más activos y fuertes son los periodistas de la oposición y los diputados de la llamada minoría independiente; y su colaborador más eficaz es el Ministerio de Justicia. Cambiad, señor presidente, este ministerio, o imponedle una orientación política distinta, no para iniciar una era de atentatorias persecuciones a la prensa, sino para la represión enérgica y legal de las transgresiones a la ley. Con sólo eso, el gobierno reaccionará en la opinión y se convertirá en una entidad respetable y temida. Acabando con los conspiradores de la pluma, se acabará con los conspiradores del capital, se acabará con la inercia contemplativa de los gobiernos de los estados y se facilitará la pacificación del país, para gloria de Vuestra Señoría y de la Revolución de 1910.»

Madero oyó con benevolencia lo que sus amigos políticos le decían, pero calificó de exagerados todos aquellos temores.

Hubo susurros de que el movimiento militar estallaría el primer día de febrero. Después se supo que se le posponía para el día 5, durante la ceremonia conmemorativa de la Constitución frente al monumento de Juárez, donde por un golpe de mano los conjurados se apoderarían del presidente y de todo el gobierno. De no ser así —se auguraba—, el movimiento se llevaría a cabo la noche de aquel mismo día, al evadirse de Santiago Tlaltelolco el general Bernardo Reyes, que para eso contaba con la fuerza del Primer Regimiento de Caballería, destacado en el cuartel anexo a la prisión. Pero sucedió, en la ceremonia de la mañana, que entre las tropas designadas para hacer los honores al Presidente de la República estaba el Colegio Militar, ante el cual los conspiradores se arredraron, bien por no complicarlo en un acto bochornoso en extremo, o bien por temor a la actitud que el Colegio pudiera asumir, y con él, a su ejemplo, las demás unidades militares presentes. Y ocurrió también, por la noche, que el general Lauro Villar, Comandante Militar de la Plaza, mandó al cuartel anexo a Santiago Tlaltelolco otros dos escuadrones del Primer Regimiento, éstos mandados por el mayor Juan Manuel Torrea, jefe de pundonor y espíritu militar acrisolados, y la presencia de esas nuevas tropas, o eso y alguna otra causa más, estorbaron lo que se proyectaba.

Entre tanto, seguían celebrándose casi abiertamente los conciliábulos de los conspiradores. Los había en Tacubaya: en la casa del general Manuel Mondragón o en la del general Gregorio Ruiz; los había en México: en el despacho de Rodolfo Reyes, o en la casa del doctor Enrique Gómez, o en el Hotel Majestic, propiedad de Cecilio Ocón. Éste y el doctor Espinosa de los Monteros, a quien servían de agentes o intermediarios el capitán Romero López, Miguel O. de Mendizábal, Pedro Duarte, Enrique Juan Palacios, Francisco de P. Sentíes, Rafael de Zayas Enríquez (hijo), Felipe Chacón, Abel Fernández, concertaban juntas con jefes y oficiales del ejército, o hacían propaganda en los cuarteles. Había ya acontecido, al celebrarse la Navidad del Soldado bajo los auspicios de comisiones de damas patrocinadas por la esposa del Presidente de la República, que los agentes de los conspiradores intentasen aprovechar para sus prédicas subversivas, corruptoras del ejército, hasta las reuniones públicas de la oficialidad de los cuerpos. Así ocurrió en Tacubaya, en el Primer Regimiento de Caballería, donde el mayor, que hacía veces de segundo jefe, tuvo que salir al paso de las frases con que un paisano, invitado a hablar por el coronel, denigró en presencia de éste al gobierno de Madero y ensalzó a quienes lo atacaban.

En la aparente soledad de su encierro, Bernardo Reyes esperaba con impaciencia la hora de salir a pelear. Exigía que se hiciera algo, lo que fuese, cualquier cosa definitiva. «No se preocupen por mí —recomendaba a su hijo Rodolfo y a los demás conspiradores—; arreglen lo más práctico, lo más rápido; señálenme el momento y yo acudiré como pueda.» Félix Díaz, flemático y fatalista, dejaba hacer al general Mondragón, que lo movía todo, y no tenía más que una frase: «Yo estoy siempre listo.» Henry Lane Wilson, que de todo se enteraba, había ya conseguido tener en Acapulco el acorazado *Denver*, para la protección de los intereses norteamericanos, y esperaba lograr de su colega, el encargado de negocios de la Gran Bretaña, que retuviese en aquel puerto el cañonero *Shearwater.* Se disponía así a poner en juego todos los resortes de su embajada.

El 6 de febrero, jueves, acordaron los conspiradores efectuar el movimiento la noche del siguiente sábado. Se fijó al fin esta fecha, y no la del día 11, escogida antes, porque Victoriano Huerta habló esa mañana al general Gregorio Ruiz para decirle que convenía prepararlo mejor todo retrasando el golpe hasta el 22 o el 24, y ello desasosegó mucho a Bernardo Reyes, que sospechó doblez en tal comportamiento.

Como para preparar el ánimo de Washington a la fatalidad de los sucesos que se estaban fraguando, el día 4 Henry Lane Wilson envió a Knox un informe que fuera a modo de última pintura del régimen maderista y lavara de todo pecado original a quienes se alzarían en armas y acabarían con Madero. Para lograr mejor su propósito y convencer a su gobierno de la necesidad y legitimidad del cambio que iba a ocurrir, mezclaba Wilson verdades y mentiras y citaba en su apoyo a Manuel Calero y Luis Cabrera, que acusaban al gobierno de «falsear sistemáticamente en el extranjero la verdadera situación de México». El informe decía cosas como éstas:

«El área de la revolución armada parece haber disminuido sensiblemente en el Norte; pero hay abundantes signos de que las actividades revolucionarias se reanudarán de modo formidable en los estados de Chihuahua, Durango, Coahuila, Nuevo León y Zacatecas. Las negociaciones de paz celebradas recientemente sólo fueron promovidas por los revolucionarios, según opina esta embajada, con el objeto de ganar tiempo para cimentar ciertas alianzas y concluir el paso de armas y municiones por la frontera. En el Sur la extensión del movimiento revolucionario es la misma. Hay momentos en que la actividad revolucionaria, ante la incapacidad total del gobierno para enfrentarse con la situación, abarca todo el país, desde el Pacífico hasta Veracruz, y luego, exhaustos de armas y municiones, los revolucionarios inician falsas negociaciones de paz. La impotencia militar del gobierno en el Norte y en el Sur se debe sobre todo a la irremediable situación del ejército, que rápidamente está perdiendo el espíritu y disciplina que tenía bajo Porfirio Díaz; que está destrozado por intrigas y disensiones, y que sólo guarda unidad en su disgusto y desprecio por el actual gobierno. Los revolucionarios, que dominan una tercera parte de los estados de la República, no sólo consumen allí los productos del trabajo, sino que destruyen las fuentes de producción. Es enorme el número de haciendas que están ociosas y con sus implementos destruidos. Son enormes, y van en aumento, la incomunicación ferroviaria y la destrucción del material de los ferrocarriles. No se conoce el número de minas clausuradas, pero debe de ser muy grande. Todo lo cual ha trastornado y deprimido los intereses financieros y bancarios y amenaza la vida del comercio y de la industria. Nueve estados de la República se hallan en quiebra: unos por su desequilibrio presupuestario y otros por falta de honradez en quienes los administran. En vez de las finanzas bien saneadas y las amplias reservas que existían a la caída de Porfirio Díaz, prevalecen el desorden y el derroche por conductos desconocidos, aunque seguramente corrompidos algunas veces. Ante la intolerable situación que existe en todo el país, el gobierno es incapaz de afrontar o remediar de algún modo los peligros que se acumulan a grandes pasos. El gobierno se halla dividido en facciones rivales, cuyos propósitos se resuelven en intrigas menudas y en una política liliputiense que nada tiene que ver con la salvación del país ni con la restauración del prestigio nacional; y según tiene que ser, de esto resulta un gobierno impotente frente a las dolencias nacionales, y truculento, insolente y falso en sus relaciones diplomáticas. La libertad de prensa no existe de hecho, ni se pretende que exista. En cuanto a elecciones libres, tan pronto como el actual gobierno llegó al poder, empezó, por intrigas en unos casos y por la fuerza en otros, a deponer a unos gobernadores y a imponer otros. También ha intervenido en las elecciones de diputados y senadores; pero por la imperfección de las organizaciones locales y la poca lealtad de los estados hacia el gobierno, el Congreso sigue siendo independiente y cada vez lo es más. En la capital la situación de esta hora se caracteriza por un infinito número de intrigas y maniobras políticas; por la intolerancia del gobierno frente a todo lo que sea libertad de pensamiento y expresión; por un amplio sistema de espionaje, que persigue y vigila los pasos de los hombres públicos importantes que disienten del gobierno; por la mentira y la falsedad al exponer las condiciones reales del país, y por la difamación y calumnia de cuantos tienen independencia y valor bastantes para criticar y exigir más inteligencia en el manejo de los negocios públicos. Esta campaña de falsedad se hace en grande escala. Los agentes del gobierno, mexicanos y norteamericanos, ostensibles y secretos, no descansan ni en México ni en los Estados Unidos; y es parte del sistema no sólo esparcir falsas pinturas de la realidad, sino desacreditar e impugnar los móviles de los representantes diplomáticos y consulares de nuestro gobierno. En cuanto al concepto de Madero acerca de sus obligaciones para con los extranjeros que han venido acá con su energía y su capital, el discurso que pronunció el día de Año Nuevo ante el cuerpo diplomático apenas si deja lugar a duda.»

V. TACUBAYA

Llegó así el sábado 8 de febrero. Estaban comprometidos en la conspiración los tres regimientos —dos de artillería y uno de caballería— acuartelados en Tacubaya, las compañías de ametralladoras de San Cosme, los alumnos de la Escuela de Aspirantes —inducidos a la rebelión por sus oficiales instructores, los capitanes Escoto, Armiño, García y Zurita—, el regimiento de artillería acuartelado en San Lázaro, varias fracciones del 20° Batallón —que esa noche montaría guardia en Palacio y en Santiago—, parte de los artilleros del cuartel de la Libertad, un batallón de las fuerzas de Seguridad, con fracciones de otro, y unos doscientos hombres de la Gendarmería Montada. Por sí mismo, Bernardo Reyes había logrado seducir a varios de los oficiales que tenían comisión de planta en Santiago y a la fuerza del Primer Regimiento de Caballería destacada en el cuartel anexo a la prisión. Se contaba, además, con los oficiales de guardia en la Penitenciaría del Distrito, los cuales, por lo menos, se habían comprometido a no intentar nada contra Félix Díaz en el momento en que los sublevados fueran a ponerlo libre.

Mondragón, oculto en Tacubaya desde un día antes, seguía atendiendo todos los detalles del complot, en lo que lo ayudaban con eficacia el general Ruiz, a quien hacía inmune su carácter de diputado; Rodolfo Reyes, Samuel Espinosa de los Monteros y algunos otros. Toda aquella mañana y parte de la tarde las consumió Rodolfo Reyes yendo y viniendo entre la prisión de Santiago y los lugares donde lo citaba el general Ruiz. En una de sus entrevistas don Bernardo le dictó los puntos principales de la proclama que quería dirigir al pueblo, junto con Félix Díaz, Manuel Mondragón y Gregorio Ruiz, y la cual debía imprimirse esa misma noche, o al otro día, triunfante ya el movimiento. Errónea y falsa en el fondo, como cuanto insuflaba a tan lastimosa aventura —que haría a don Bernardo echar por tierra su historia militar—, la proclama en proyecto parecía inspirarse en cierta moderación de trazo y propósitos pues recomendaba don Bernardo que se hablara en ella del respeto a la vida del Presidente de la República y demás funcionarios depuestos; de la intención de cumplir los más importantes postulados de la Revolución de 1910; del compromiso de erigir un gobierno provisional en que no figurara ninguno de los cuatro principales sublevados, y de otras cosas análogas.

Era plan de los conspiradores reunir en Tacubaya, antes de las dos de la madrugada siguiente, el núcleo central de sus fuerzas, con las cuales se formarían dos columnas, una mandada por Ruiz y la otra por Mondragón. Así dispuestos, los rebeldes avanzarían inmediatamente sobre la Ciudad de México, y tras de recoger en el camino otra parte de las tropas con que contaban, la columna de Ruiz se dirigiría a Santiago Tlaltelolco y la de Mondragón a la Penitenciaría. Con ayuda de los aspirantes, que habrían de llegar a Santiago desde Tlalpan, Ruiz pondría en libertad a Bernardo Reyes, y Mondragón, unido a los artilleros de San Lázaro, dispuestos a moverse hacia la Penitenciaría desde su cuartel, pondría en libertad a Félix Díaz.

En los alrededores de Santiago deberían encontrarse, desde poco después de la medianoche, grupos de paisanos dirigidos por Rodolfo Reyes, Samuel Espinosa de los Monteros, Juan Pablo Soto y algunos otros reyistas. Unos rondarían en automóvil, otros a pie, mientras un grupo más, a las órdenes del mayor Jesús Zozaya, aguardaría en una casa cercana, donde se tendría ensillado ya y con las pistolas en la montura el caballo del general Reyes. Estos civiles deberían estar pendientes de la aparición de las tropas sublevadas, para darles aviso de todo lo que sucediese y luego unirse a ellas, así como de cualquier señal que don Bernardo hiciera desde su ventana, caso de ocurrir algún contratiempo. La precaución se juzgaba indispensable porque el coronel Mayol, jefe de la prisión militar, no figuraba entre los conspiradores.

Análogas precauciones a las dispuestas para los alrededores de Santiago se trazaron para no perder de vista la Penitenciaría, éstas con el fin de que también Félix Díaz quedara al abrigo de cualquier sorpresa; otras más, para evitar que algún descuido comprometiera el buen éxito de la asonada, y otras, para hacerla triunfar con rapidez. Como el mayor Torrea, segundo jefe del Primer Regimiento de Caballería, no sólo no estaba en la conspiración, sino que podía estorbarla, uno de los capitanes del cuerpo tenía la misión de apoderarse de él esa noche y atarlo. Otro capitán debía acercarse a la casa del Comandante Militar, que de seguro saldría solo a la calle al recibir aviso de que la guarnición de la plaza se estaba sublevando, y tenía órdenes de echarse sobre él, sujetarlo y llevarlo a poder de los sublevados. Martín Gutiérrez, jefe de tropas auxiliares y conocedor del Ajusco, se encargaría de vigilar con varios hombres de confianza el Castillo de Chapultepec, para apoderarse del señor Madero si intentaba salir, y mantendría expedito el camino por donde los jefes sublevados pudieran retirarse en caso de que el movimiento fracasara.

Mucho de aquello había transpirado y, aunque vagamente, era conocido por la policía y el gobierno. Anónimos, y por boca de personas serias y dignas de crédito, uno tras otro llegaban a los ministerios y demás oficinas públicas los avisos del levantamiento que se preparaba para aquella noche. El general Delgado trajo la noticia a Juan Sánchez Azcona, secretario particular del presidente; se la trajo también Francisco Cosío Robelo. Al Ministro de Gobernación le dieron aviso el jefe de las fuerzas rurales y un amigo suyo, don Leopoldo Martínez. Esa mañana el mayor Emiliano López Figueroa, Inspector General de Policía, informó de todo al general García Peña, Ministro de la Guerra, y al general Villar, Comandante de la Plaza. Pero todo, avisos espontáneos e informes oficiales, se estrellaba inexplicablemente contra la incredulidad o el optimismo. El Comandante Militar, al tanto del complot desde días antes, esperaba que la policía le trajera pruebas concluyentes, no meros informes, para adoptar medidas enérgicas, y, aun así, no estaba muy seguro de lo que consiguiera hacerse, pues lo asaltaba el temor de que, obrando con severidad, el gobierno lo desautorizase.

Aquellos temores del general Villar no carecían de fundamento. Un día antes el coronel Rubén Morales había estado en una reunión donde se enteró de lo que se maquinaba en los cuarteles. Vino en seguida a comunicarlo al señor Madero, de quien era ayudante, y aun llegó a pedirle instrucciones y autoridad que le permitieran recabar pruebas contra los principales conspiradores. El presidente, nada inclinado a creer, lo citó para el otro día, es decir, para el sábado 8; pero esta vez, por estar muy ocupado con el general García Peña, no lo recibió, quizá porque en aquellos momentos el Ministro de la Guerra estaba diciéndole lo mismo que Morales le venía a informar. El coronel resolvió entonces contar a la señora de Madero cuanto le constaba o sabía, y como ella repitiera luego a su esposo la conversación, el presidente mandó llamar a Morales y lo reprendió por su conducta.

Entre creer y no creer, y receloso de la actitud del gobierno, el general Villar tropezaba, además, con muy serias dificultades para poner remedio. Tantos eran los militares señalados como conspiradores, de tantos se sospechaba, se aseguraba, se decía, que salvo una remoción general en los mandos, todo resultaba inútil. De ello había hablado el Comandante Militar al Ministro de la Guerra; pero éste, incrédulo también, convencido, como el presidente, de la imposibilidad de que el ejército faltara, todo ni en parte, al cumplimiento de sus deberes, no había hecho nada, o lo hacía con tal lentitud que los resultados no llegaban a sentirse.

A pesar de su optimismo, aquel sábado por la tarde el Ministro de la Guerra analizó, juntamente con el subsecretario, general Manuel Plata, las noticias recibidas, y poco después mandó llamar al Comandante Militar y le recomendó que tomara algunas providencias en previsión de lo que se anunciaba. El general Villar hizo ver que no tenía en la plaza fuerzas suficientes para contener una rebelión hecha por militares, pues para el caso sólo disponía, aparte de unos cuantos reclutas de diversos batallones que estaban en cuadro, de dos cuerpos: el 20° Batallón, que no le merecía confianza, aunque la tuviera toda por parte del Presidente de la República, y el Primer Regimiento de Caballería, en el que tampoco ponía él la menor fe, aunque se la otorgara el Ministro de la Guerra. Éste le contestó: «Bueno, pues a ver qué haces con lo que tienes, porque no hay modo de darte más.»

Mandó Villar que en el acto vinieran a su oficina los jefes de todos los cuerpos de la guarnición y les habló con gran firmeza. Les dijo que habían llegado hasta el gobierno rumores de un complot, en el que intervenían jefes y oficiales prontos a cometer una deslealtad; que se hablaba de un posible levantamiento para aquella misma noche; que aunque él no creía en la verdad de tales versiones, sólo encaminadas seguramente a manchar el honor del ejército, exhortaba a los jefes presentes al cumplimiento de su deber y esperaba que todos lo escucharan, pues con la cabeza le respondían de la disciplina de las tropas que cada uno tenía a sus órdenes.

Dispuso también Villar el acuartelamiento de toda la guarnición y ordenó que dos escuadrones del Primer Regimiento, al mando del mayor Juan Manuel Torrea, de quien sí se fiaba, salieran de Tacubaya a las nueve de la noche, uno para incorporarse a la fuerza destacada en el cuartel anexo a la prisión de Santiago, y el otro para instalarse en acantonamiento de alarma en el cuartel de Zapadores, contiguo a Palacio y desocupado entonces. Los dos escuadrones deberían hacer el recorrido de Tacubaya al Zócalo, por la Reforma y Plateros, en columna de viaje por dos, para dar impresión de fuerza más numerosa, y después de formar frente al Portal de Mercaderes, cada escuadrón iría al servicio que se le había señalado.

La exhortación de Lauro Villar a los jefes de los cuerpos hizo en ellos huella tan honda, que el teniente coronel Aguillón, jefe del Segundo Regimiento de Artillería, y el coronel Anaya, jefe del Primer Regimiento de Caballería, pensaron desistir de sus propósitos y hablaron de la conveniencia de posponer el movimiento.

Avisados Mondragón y Ruiz, durante unas horas temieron que el complot no pudiera estallar aquella noche, y pasadas las cinco de la tarde, lo avisaron así a Rodolfo Reyes, para que éste lo comunicara a don Bernardo, y lo mismo mandaron decir a Félix Díaz. Pero volvieron a reunirse en Tacubaya los principales directores de la conspiración, y llamados otra vez Aguillón y Anaya, se consiguió de nuevo, gracias al ascendiente de Mondragón y Ruiz, que los dos jefes consintieran en no apartarse de lo convenido. Fue aquélla una junta en que hubo forcejeo y acaloradas discusiones y a la cual asistieron muchos de los militares y paisanos comprometidos.

Dos o tres horas antes, el coronel Anaya, atento en su cuartel a la organización de los dos escuadrones que estaban por salir al mando del mayor Torrea, trató de apartar a éste del servicio que se le había confiado, o de estorbárselo. Quiso al principio, por medio del primer ayudante, dar el mando de uno de los escuadrones al capitán que tenía para esa noche el encargo de apoderarse de Torrea; y luego, al saber que el mayor rehusaba llevar consigo al capitán, pretendió tomar por algunas horas el mando de la columna para cambiarla a su gusto, lo que estuvo a punto de conseguir valiéndose de una circunstancia imprevista: haber llegado en aquel momento a despedirse de Torrea un pariente suyo que salía de viaje. Pero el mayor, que por recelo no había aceptado la lista de oficiales que le proponían, sino que tomó los que consideraba fieles, invocó los principios militares para rechazar que se le supliera en el servicio que ya se le había ordenado. Todavía así, el primer ayudante, instigado acaso por el coronel, retrasó la formación de los escuadrones; engañó al mayor diciéndole que no había personal bastante ni para completar dos escuadrones mínimos, y puso tantos obstáculos, que Torrea lo tuvo que arrestar. Con todo, el mayor pudo al fin salir de Tacubaya, según las órdenes del Comandante Militar, y poco después de las once de la noche estaba ya instalado en Zapadores, aunque no completo su escuadrón, mientras la otra parte de su fuerza, también con una escuadra menos, se dirigía del Zócalo al cuartel de Santiago.

De la reunión de esa noche en Tacubaya había recibido prontos informes la Inspección General de Policía, no obstante que los conspiradores, alarmados al ver que se les vigilaba muy de cerca, llamaron a los agentes y trataron de despistarlos rogándoles que impidieran por allí el paso de coches, pues en aquella casa —aseguraban— se estaba operando a un militar. López Figueroa rindió parte, inmediatamente, a los ministros de Gobernación y Guerra y mandó a Tacubaya otros agentes que le trajeran mayores datos; pero no satisfecho aún, pasadas las diez fue a hablar personalmente con el general García Peña, para confirmarle sus noticias y reiterarle cómo era seguro que esa noche se produciría un levantamiento. El ministro, no más inclinado que antes a creer en la inminencia de la sublevación, se limitó a oír, y luego expuso al inspector general las razones que lo inducían a no tener por cierto lo que se le estaba asegurando. «¿Qué generales —replicaba— son los que se pueden levantar? Bernardo Reyes y Félix Díaz están presos, a Mondragón no lo sigue nadie; Huerta es un borracho que sólo anda a caza del dinero que ya se le va a dar; de Gregorio Ruiz no puede creerse. Conque váyase usted a dormir y déjeme a mí hacer lo mismo.»

Desesperado, López Figueroa se fue en busca de Gustavo Madero, que estaba cenando en Sylvain con el grupo de diputados renovadores que festejaban a José J. Reynoso por su nombramiento de Subsecretario de Hacienda, y le contó lo que la policía había visto y oído en Tacubaya. Gustavo, que sí tomó en serio lo que le comunicaba el inspector general, pidió a éste unos agentes, para ir a comprobar por sí mismo la veracidad de los informes, y ofreció, si el complot resultaba cierto, cuidar personalmente que se tomaran las providencias necesarias.

Más o menos a esa hora, Victoriano Huerta salía de la casa de Rafael Hernández, Ministro de Gobernación, a quien había hecho larga visita para quejarse del comportamiento del gobierno y del presidente, que desconfiaban de él. «El gabinete —había dicho al ministro— hace mal en postergarme y mirarme con recelo; García Peña y Manuel Plata no valen nada como militares; en México no hay más que un general, que soy yo. El gobierno está hoy en grave peligro, en más peligro que nunca; pero pase lo que pase yo lo salvaré. Salvaré al gobierno, salvaré al Presidente de la República, y así me vengaré de él, ya que no ha sabido apreciar mis servicios ni mi devoción. Porque, ¿cómo puede dudarse de mi honor de soldado ni de mi lealtad? ¿Se imagina el gobierno el número de conspiraciones que yo he desbaratado para que no caiga?» Y había seguido expresándose así, con palabras e insinuaciones que no hacían sino confirmar las noticias del complot de que se hablaba en todas partes, por donde no resultó extraño que, ido apenas, mandara con un ayudante informes exactos de lo que estaba pasando en Tacubaya.

VI. LA SUBLEVACIÓN

Pasadas las once de la noche, los generales Mondragón y Ruiz, junto con otros conspiradores, se trasladaron al cuartel del Segundo Regimiento de Artillería, resueltos ya a ejecutar cuanto tenían pensado, y concertaron allí los últimos detalles para dar comienzo a la sublevación.

Se despachó a un teniente en busca del destacamento de dragones que estaba en Santa Fe. Se mandó llamar al coronel Anaya y se acordó que él y el general Ruiz irían a levantar a los soldados del Primer Regimiento de Caballería, para que desde luego ensillaran y se armasen. Se asignó a Mondragón la tarea de convencer al teniente coronel Catarino Cruz y al mayor Baldomero Hinojosa, jefes del Quinto Regimiento de Artillería, que rehusaban seguir el ejemplo de sus superiores y compañeros y que, abandonados por sus oficiales, se habían encerrado en sus alojamientos. Se encargó Aguillón de ordenar lo necesario para que oportunamente despertara, atalajara y se municionara la tropa de los dos regimientos de artillería. Se dispuso que el capitán Romero López se ocupara en alistar las compañías de ametralladoras de San Cosme, a la vez que hacían lo mismo con sus soldados los artilleros del cuartel de la Libertad. Se dejó a Rodolfo Reyes el cuidado de redactar la proclama del movimiento, según lo quería su padre, y el encargo de descubrir, con ayuda de Zayas Enríquez y otros, el paradero del general Velázquez, que a última hora no aparecía por ningún sitio, y a quien también se quería encomendar la captura del señor Madero. A la Escuela de Aspirantes nada había que ordenar: sabían los capitanes instructores que a primera hora de la madrugada debían levantar y armar a los cadetes para lanzarse con ellos hacia México, en tranvía o como se pudiera; y en cuanto al regimiento acuartelado en San Lázaro, el mayor Trías, que acababa de llegar, traía la noticia de que allá las cosas parecían descomponerse, pues el teniente coronel Gamboa, jefe del cuerpo, había sorprendido a Alberto Díaz y a Duhart en el momento en que se presentaban a trasmitir las órdenes finales, por lo que el teniente coronel había entrado en sospechas y estaba tomando algunas precauciones.

Estaban en eso cuando se acercaron al cuartel los dos automóviles en que Gustavo Madero había salido a emprender su exploración. Un agente, que bajó de uno de los coches y vino a pararse frente a la puerta para inquirir mejor lo que pasaba, fue detenido por el teniente de guardia y llevado al interior; y como allí, amenazado de muerte, confesó lo que andaba haciendo, y quién lo mandaba, un grupo de militares y civiles —Cecilio Ocón, Bonales Sandoval, Víctor Velázquez, Martín Gutiérrez— salió dispuesto a capturar a Gustavo Madero y sus otros acompañantes, que lo comprendieron a tiempo y lograron huir. Entonces, amenazando otra vez al agente preso, los conspiradores consiguieron de él que llamara al Inspector General de Policía y le dijera que no se notaba nada extraño en los cuarteles de Tacubaya ni en sus alrededores. Pero eso de nada les aprovechó, porque el Inspector, lejos de dejarse engañar, ordenó que en el acto salieran a redoblar la vigilancia dos piquetes de la gendarmería montada, que fueron a patrullar por la Reforma y la Avenida Chapultepec, y tres automóviles ocupados por un jefe de aquel mismo cuerpo y varios gendarmes y agentes.

Desde Zapadores, el mayor Torrea, que ya estaba acuartelado allí con su escuadrón, se comunicó a medianoche con el general Lauro Villar y le rindió parte de haber cumplido puntualmente las órdenes que se le habían dado. El Comandante Militar le recomendó entonces ejercer muy estrecha vigilancia dentro y fuera del cuartel y estar pronto a reprimir, sin ningún miramiento, el menor indicio de trastorno o desórdenes. Respondió Torrea que lo haría así, y bien montados ya todos sus servicios, salió a recorrer la calle de la Acequia y el frente de Palacio, tras de lo cual, seguro de que nada anormal se descubría a primera vista, volvió a la puerta del cuartel de Zapadores.

Estando allí se le apareció de súbito, con la explicación de que sólo venía a saludarlo, el capitán primero que había él rechazado esa tarde al organizar su fuerza en Tacubaya —aquel de quien luego se sabría que tenía encargo de capturar a Torrea—. Consideró éste muy irregular la visita, tanto por la hora como por ser absoluta la orden de que las tropas permanecieran en los cuarteles; de modo que se lo hizo ver así al capitán, quien trató de disculparse con el pretexto de que el coronel lo había autorizado a salir para que fuera a ver a su padre, que lo necesitaba con urgencia. En seguida, al hilo de la conversación, el capitán quiso enterarse de las disposiciones que el mayor había tomado en Zapadores, y aun le aconsejó recogerse a descansar. Pero Torrea, contestándole secamente y muy de superior a inferior, le cortó de plano las preguntas y consejos y le dio permiso para retirarse.

Dieron las tres de la mañana. Emiliano López Figueroa llamó por teléfono al Comandante Militar y al Ministro de la Guerra y otra vez los puso al tanto de la extraña agitación que trascendía de los cuarteles de Tacubaya. El general Villar contestó que los datos que se le daban no eran concluyentes, que en el acto debía salir para allá gente activa y de confianza, capaz de cerciorarse de todo. Y como a esto replicara el Inspector que estaba cierto de cuanto decía, y que los agentes destacados por él eran hombres hábiles y fieles, el Comandante Militar se comunicó con el Mayor de la Plaza, general Manuel P. Villarreal, a quien había ordenado no moverse de Palacio aquella noche, y le recomendó que se pusiera al habla, por teléfono, con los capitanes de cuartel de los regimientos sospechosos. Así lo hizo el general Villarreal. Los capitanes le informaron que en los cuarteles no ocurría novedad digna de nota, que los automóviles que pasaban por la calle no eran más que los de costumbre, que los trasnochadores a quienes se había visto entrar en la tienda «La Marina», y salir de allí con botellas de vino y paquetes de pasteles, eran los mismos que solían hacer eso todos los sábados.

Oído el informe, el Mayor de la Plaza lo trasmitió al Comandante Militar, que a su vez lo comunicó al Ministro de la Guerra y al Inspector, y aunque éste, respetuosamente, expresó sus dudas respecto de la veracidad de los capitanes que habían informado de aquella manera, el general Villar persistió en su actitud. Para ser más explícito, añadió López Figueroa que se había creído en el caso de reforzar también la vigilancia en torno de la prisión de Santiago, pues desde las dos de la mañana habían venido sintiéndose por allí ciertos movimientos poco explicables.

Varias veces pasaron frente a los cuarteles de Tacubaya los tres automóviles enviados por la Inspección General. Advertido Mondragón, ordenó que se les detuviera. Para eso salieron del cuartel, y se ocultaron entre las sombras y los árboles de la calle, varios grupos de militares y civiles, y al acercarse de nuevo los tres coches, uno tras otro fueron asaltados al golpe de carabinas y pistolas, y sus ocupantes, que no esperaban el ataque, quedaron desarmados y prisioneros.

Sonaron las cuatro de la mañana. En el cuartel del Primer Regimiento de Caballería se logró formar, con los asistentes, los conductores y el destacamento que en esos momentos llegaba de Santa Fe, una columna como de sesenta hombres, al frente de la cual se pusieron el coronel Anaya y el general Ruiz. Mondragón tomó el mando de los regimientos de artillería, que Aguillón formó en el patio principal del cuartel, y luego arengó en nombre del ejército y contra la ruina y la desolación que estaba sembrando el gobierno de Madero. En

San Cosme, puestas en armas las compañías de ametralladoras, Romero López decidió no esperar más la llegada de la columna de Tacubaya, que tardaba demasiado, sino que salió a unirse con los artilleros del cuartel de la Libertad, que también estaban ya en pie, y juntas esas dos fuerzas, marcharon en seguida hacia Santiago con dos cañones y catorce ametralladoras. En Tlalpan, los aspirantes, impacientes al ver que no llegaban los tranvías que les habían anunciado, se adueñaron de dos carros de la leche; bajaron las cántaras; subieron las ametralladoras y municiones que habían sacado de su escuela, y unos a pie, otros a caballo, todos emprendieron la marcha hacia Huipulco. Como encontraran allí un tranvía de Xochimilco, los infantes lo asaltaron, y de ese modo, al trote de la caballería, que ésta tomó largo, no pararon hasta la Ciudad de México.

Se había hecho todo con tal desorden y tal falta de preparación, que a no ser por la pasividad y el optimismo de las autoridades, la sublevación hubiera fracasado desde el primer momento. No pudo reunirse en Tacubaya el núcleo central de los sublevados tal y como se tenía previsto; no fue posible formar las dos columnas que simultáneamente irían a excarcelar a Bernardo Reyes y Félix Díaz; no se consiguió que las demás fuerzas fueran incorporándose metódicamente en el camino, según avanzaba el núcleo principal. Debiendo haber llegado frente a Santiago la columna de Ruiz a las tres de la mañana, dieron las cuatro, dieron las cuatro y media, dieron las cinco y no había la menor noticia de que nadie asomara por allí. Rodolfo Reyes y los grupos de civiles ocultos cerca de la prisión se desesperaban mortalmente, fijos los ojos en la luz roja que don Bernardo tenía en su ventana, y ya casi daban por seguro el fracaso del movimiento.

Los sublevados de Tacubaya se echaron a la calle a eso de las cuatro de la mañana. Avisado de ello poco después, el Inspector General trasmitió inmediatamente la noticia al Comandante de la Plaza y al Ministro de la Guerra y pidió instrucciones. Villar ordenó a López Figueroa que persiguiera con fuerzas de la policía a las tropas sublevadas o que, por lo menos, las observara de cerca y le anunció que ya salía él hacia Palacio para dictar desde allí las órdenes convenientes.

En el fondo, el propio general Villar no estaba muy seguro de lo que se pudiera hacer. Conforme lo había dicho repetidas veces, no había en México tropas bastantes para hacer frente a una sublevación, ni los mandos, salvo excepciones, merecían la menor confianza. Se vistió, salió a la calle, y como no lo dejaba andar la enfermedad que tenía en una pierna, esperó el paso de un coche que lo llevara.

Llegaron entre tanto al Zócalo el primer grupo de aspirantes y el general Velázquez, los cuales, según se tenía convenido, se dieron a conocer a los oficiales que estaban de guardia en Palacio prontos a franquearles las puertas y a sublevarse también. El Mayor de la Plaza, que de acuerdo con las órdenes del Comandante Militar, velaba en su oficina, advirtió desde luego lo que pasaba, salió precipitadamente por la puerta del Correo Mayor y presuroso se fue en busca de su jefe, a quien ya no encontró en casa.

Villar, en efecto, había tomado el coche que necesitaba y venía camino de Palacio. Según desembocó el coche en el Zócalo por la esquina de Flamencos, un grupo de aspirantes, que traía dos ametralladoras en un carro, marcó el alto al cochero, y, segundos después, le ordenó seguir, pero ya no en la misma dirección, sino apartándose de allí «para evitar que algo le ocurriera». Sin ninguna duda acerca de lo que estaba viendo, Villar procuró no ser reconocido e indicó al cochero que continuase frente al Portal de las Flores; pero a poco andar, aunque a prudente distancia de los aspirantes, hizo que el coche volviera atrás y pasara frente a Palacio, arrimado no a la acera, sino bordeando los prados del centro. Pudo así ver que estaban abiertas la Puerta de Honor y la principal; que en una y otra se hallaba formada la fuerza del 20° Batallón, y que cerca de ellas se movían, con sus oficiales, grupos de aspirantes. Comprendió entonces que Palacio había caído en poder de los sublevados y dio al cochero orden de que lo llevara al cuartel de San Pedro y San Pablo.

Una vez allí, se apeó en la esquina inmediata al cuartel. Pidió ayuda a un indio, que pasaba; se acercó a la puerta, se dio a conocer, entró. Inmediatamente dispuso que se levantara la tropa, o más bien dicho, lo que quedaba de ella, pues aquel batallón era el que estaba dando el servicio de plaza, y ordenó al jefe del cuerpo, el coronel Pedro C. Morelos, que alistara a los soldados del mejor modo posible para ir a recobrar Palacio entrando por el cuartel de Zapadores.

Mientras sus órdenes empezaban a ejecutarse, llegó a reunirse con él en San Pedro y San Pablo el general Villarreal, que al no encontrarlo en su casa se había puesto a buscarlo por los cuarteles. Le dijo Villar que en ese momento se disponía a ir al cuartel de Teresitas, para sacar de allá la tropa que hubiera; que entre tanto fuera él al cuartel de Zapadores a enterar al mayor Torrea de la situación en que estaba Palacio, y de la necesidad de sostenerse allí a toda costa, mientras le mandaba refuerzos el propio comandante, o llegaba con ellos, y, por último, que luego de hablar con Torrea fuese a tomar en persona el mando de la Ciudadela, la cual, seguramente, los sublevados tratarían de ocupar, y donde, si no soldados, encontraría obreros que podía armar bien para defenderse.

Fue el general Villarreal al cuartel de Zapadores y trasmitió al mayor Torrea las órdenes que le mandaba el Comandante Militar. Inmediatamente se puso en pie todo el escuadrón, que descansaba en acantonamiento de alarma, y tomó el mayor todas las medidas necesarias para precaverse de un ataque. Se alistó la guardia, se puso vigilancia en los balcones, se tomó la azotea. Al ver que en lo alto de la casa intermedia entre Palacio y el cuartel aparecía un grupo de sublevados en actitud amenazadora, se dispuso que al menor movimiento agresivo que de allí partiera se hiciese fuego. Ordenado todo esto, llamó Torrea por teléfono al Castillo de Chapultepec para dar informes de la situación y preguntar por las tropas que vendrían en apoyo de él para recuperar Palacio. De allá nada le supieron decir. Llamó a la Inspección General y tampoco le informaron nada.

En ese momento el oficial de guardia, que se mantenía en uno de los garitones, dio aviso de una fuerza que venía por la calle, a la deshilada y casi al ras de la pared. Ordenó Torrea que los comandantes de las fracciones, las cuales se conservaban en el patio al pie de sus caballos, estuvieran listos a romper el fuego al primer indicio de algo anormal, y ordenó al centinela marcar el alto a la fuerza cuyo avance se había descubierto y conminar al jefe de ella a que se acercara al garitón. Así se hizo: la fuerza, cosa de sesenta hombres, resultó ser la que mandaba del cuartel de San Pedro y San Pablo el general Villar, y que su jefe, el coronel Morelos, venía a Zapadores para recobrar Palacio.

Según las órdenes del Comandante de la Plaza, Morelos, con parte de la gente que ya estaba en Zapadores, tenía que entrar en Palacio rompiendo la puerta que daba del cuartel al jardín, y a partir de allí debía recobrar todo el edificio cayendo por la retaguardia sobre los alzados. Como el coronel no conocía bien el trayecto que había de seguir, el mayor, que lo conocía bien por haber sido otro tiempo ayudante de la Mayoría de Órdenes de la Plaza, se lo explicó. Pero al oírlo, Morelos tuvo el proyecto por temerario y decidió no seguir aquel camino, sino ir a abrirse paso por la puerta de la Secretaría de Guerra o por la del Correo Mayor.

VII. LAURO VILLAR

Gustavo Madero se esforzaba por obligar al gobierno a defenderse. Cerca de las cuatro de la mañana se comunicó con el Presidente y el Vicepresidente de la República, para contarles lo que había visto y convencerlos de la gravedad de la situación, y media hora después, tras de hablar de nuevo con el Inspector General de Policía, por quien supo que los regimientos de Tacubaya estaban ya fuera de sus cuarteles, se vino hacia Palacio en busca del Comandante de la Plaza, para ver qué providencias se tomaban ante tales acontecimientos. Llegó a la puerta principal cuando ya el edificio estaba en poder de los alzados, cosa que él no sabía ni se esperaba, y como la guardia lo dejó pasar, nada notó ni sospechó hasta que, ya dentro, los aspirantes lo rodearon y desarmaron, sin dejarle punto para escapar o resistir. Cogido así, sus apresadores lo llevaron a la sala de banderas y allí lo dejaron con centinelas de vista.

Por otro lado, Pino Suárez había ido a despertar al Gobernador del Distrito, Federico González Garza, para pedirle noticias y comunicarle las muy graves que él ya tenía; y luego, juntos los dos, habían intentado trasladarse a Palacio, igual que Gustavo Madero. Pero sorprendidos, al acercarse a la

Puerta de Honor, por la llegada de la caballería de los aspirantes, que en aquel momento se presentaba arrolladora y carabina al muslo, ya no intentaron entrar, sino que huyeron hacia la calle de la Moneda, justamente en el momento en que los sublevados iban a envolverlos.

Preso ya Gustavo Madero, entró en Palacio el Ministro de la Guerra. Él también, como el Comandante Militar de la Plaza, se había vestido precipitadamente al saber que venía de Tacubaya la columna rebelde de Mondragón, y se había dirigido a su oficina para dictar las medidas necesarias. Pero mientras Lauro Villar, con mejor suerte, pudo asistir desde lejos a la caída de Palacio en poder de los aspirantes, él, ignorante de este último hecho, llegó hasta la Secretaría de Guerra, entró, y dentro ya, tuvo que acometer por sí solo el sometimiento de las tropas desleales. Al principio lo ayudó la circunstancia de haber llegado a unírsele el coronel Morelos y los sesenta hombres que con él acababan también de entrar por la puerta del Correo Mayor; auxilio que permitió al ministro reducir al orden a los aspirantes y soldados que estaban en la azotea, y desarmarlos. Pero en seguida, resuelto a lograr eso mismo con los sublevados de la planta baja, García Peña dejó a Morelos el cuidado del punto que acababan de recobrar, y tras de recomendarle que le mandara lo antes posible treinta hombres de los sesenta que tenía, pues era urgente ocupar con ellos otras alturas de la plaza, pasó a los corredores del primer piso, solo otra vez, y luego, temerariamente, bajó hasta el patio central. Al verlo al pie de la escalera, un subteniente montado que allí estaba le intimó rendición, a lo que él, en vez de rendirse, contestó derribándolo del caballo. Entonces los aspirantes empezaron a hacerle fuego, y ello en tal forma, que tuvo que refugiarse en los bajos de la Comandancia, de donde, acosado siempre, aunque protegido por la oscuridad, pasó a una dependencia de la Mayoría de Órdenes. De allí quiso salir de nuevo, ahora por aquel otro lado, y al abrir la puerta, una bala disparada desde el patio destrozó un vidrio, que le cortó la cara, y vino a tocarle en el hombro derecho y en la nuez. Ese momento lo aprovecharon los aspirantes para cogerlo, desarmarlo y llevarlo sujeto hasta el cuerpo de guardia, donde lo dejaron preso con centinela de vista, igual que antes habían dejado a Gustavo Madero en la sala de banderas.

Ya pasadas las seis, llegaron a la Plaza de Santiago, casi simultáneamente, la columna de los capitanes Montaño y Romero López, formada por los artilleros del Cuartel de la Libertad y las compañías de ametralladoras de San Cosme, y el escuadrón de caballería de la Escuela de Aspirantes, mandado por el capitán Antonio Escoto.

En el acto de llegar, los alzados emplazaron una pieza de artillería contra la puerta de la prisión y otra contra las habitaciones del coronel Mayol, director del establecimiento, que, como arriba queda dicho, no se contaba entre los conspiradores; y tras de eso, Montaño y Romero López se acercaron a requerir la rendición de la cárcel y la entrega del general Bernardo Reyes. Éste, que ya esperaba vestido —traje negro *sport*, botas militares, pequeño sombrero de fieltro gris, capote de general español—, no tardó en aparecer en la puerta, seguido de otros militares que también estaban presos, e inmediatamente fue llevado por sus libertadores al cuartel anexo a la prisión. Allí esperaba, ensillado ya, el caballo de don Bernardo, que el mayor Zozaya tenía de la brida, y allí estaban también, formadas y dispuestas a todo, la fuerza, perteneciente al 20° Batallón y mandada por el capitán De la Vega Rocca, que ese día había ido a cubrir los servicios de Santiago, y la del Primer Regimiento de Caballería, mandada por el capitán Martínez, que Lauro Villar había destacado horas antes para reforzar la vigilancia.

Iba a montar a caballo don Bernardo cuando irrumpió en la plaza la columna que traía de Tacubaya el general Mondragón. En la creencia de que el general Reyes aún se hallaba preso, Mondragón se acercó también a la puerta de la cárcel y, como antes Romero López y Montaño, pidió que el preso se le entregara y que el edificio se rindiera. Pero enterado entonces de lo que acababa de suceder, cesó en su demanda y fue a reunirse con el general Reyes, que, a caballo, venía ya a su encuentro entre un grupo de militares y civiles. Al verlo, prorrumpió en vítores la masa de los alzados, y Mondragón, yendo hasta él e inclinándose sobre la montura, le dio un abrazo.

Se habló del coronel Mayol, que había quedado preso al consumarse la sublevación de la cárcel. Mondragón quería fusilarlo; don Bernardo se opuso. En seguida se deliberó sobre el orden de marcha de la columna, cuyo mando dejaron a Reyes los generales Mondragón y Ruiz. Al tratarse del camino que habían de seguir hasta la Penitenciaría, donde Félix Díaz estaría ya impaciente al ver que no llegaba nadie a ponerlo en libertad, alguien señaló la conveniencia de que sólo una parte de la columna fuera a libertarlo, mientras la otra, con el general Reyes a la cabeza, marchaba directamente al Palacio Nacional, ocupado a esas horas por la infantería de la Escuela de Aspirantes; pero don Bernardo rechazó la idea, temeroso de que algo pudiera «sucederle a Félix» —dijo— si no iba a libertarlo personalmente él.

En aquel momento rodeaban a Bernardo Reyes, a caballo, los generales Mondragón y Ruiz, el coronel Anaya, el teniente coronel Aguillón, los mayores Jenaro Trías y Jesús Zozaya, los capitanes Montaño, Romero López, Martínez, Escoto y Mendoza, y los paisanos Rodolfo Reyes y Samuel Espinosa de los Monteros. A pie, estaban Cecilio Ocón, José Bonales Sandoval, Alberto Díaz, Miguel O. de Mendizábal. En automóviles iban Martín Gutiérrez, Rafael de Zayas Enríquez, Víctor José Velázquez, Juan Pablo Soto y otros muchos.

Ya para ponerse en marcha la columna, don Bernardo arrendó hacia la puerta de la prisión, llamó al capitán que allí quedaba con los veinte hombres encargados de la custodia de la cárcel y reiteró la orden de separar de entre los presos aquellos que sólo sufrieran pena correccional, para que una hora después se les diera libres y pudieran sumarse a las tropas del movimiento.

Mientras las cosas marchaban así en Santiago Tlaltelolco, el general Villar había logrado salir de Teresitas con sesenta hombres del 24° Batallón, que puso a las órdenes del mayor Castro Argüelles; se había adelantado a ellos tomando otro coche de alquiler, y había ido a preparar el asalto a Palacio, entrando allí por la puerta de Zapadores.

Al llegar al cuartel pidió al mayor Torrea que le informara minuciosamente de la situación en que se hallaban el edificio y su contorno. Le preguntó qué distribución había hecho del escuadrón de caballería. Y bien enterado de todo, y presentes ya los sesenta hombres de Castro Argüelles, procedió a poner en obra lo que intentaba.

Con unos pedazos de riel de que pudieron echar mano, un grupo de soldados forzó la puerta que comunicaba el patio del cuartel y el Palacio, hacia el fondo del jardín; por ella, sigilosamente, pasaron el mayor Castro Argüelles y los sesenta hombres del 24° Batallón, al frente de los cuales se puso, apoyado en el brazo de Torrea, el general Villar; y así dispuesta la pequeña columna, avanzó por el jardín hasta ganar la entrada trasera que da acceso al Patio de Honor. Tan pronto como todos aparecieron allí, el Comandante de la Plaza, arrastrando su pie enfermo, pero con ademán y voces de autoridad indiscutible, se adelantó hasta la doble guardia de aspirantes y soldados que custodiaban por aquella parte la entrada desde el Zócalo y les ordenó la entrega de las armas.

Sobrecogida la fuerza sublevada ante tamaño despliegue de autoridad, no hubo quien intentara la menor resistencia ni quien pensara en no rendirse. Los oficiales se habían quedado indecisos ante la pistola con que les apuntaba Villar. A todos los dominó el temor de las sesenta bayonetas caladas que avanzaban sobre ellos con la misma incontrastable firmeza de la voz que las mandaba; y de esa suerte, en unos cuantos segundos, sin herir a nadie, sin disparar un solo tiro, la guardia de la Puerta de Honor quedó inerme y sustituida por otra, y lo mismo aconteció inmediatamente después con los soldados y aspirantes de la Puerta Central.

Aquí el general García Peña, que oyó desde su encierro las voces del Comandante de la Plaza, contribuyó no poco a que los grupos de alzados se rindieran. Porque sacando del bolsillo la otra pistola que traía, y que no le habían quitado, desarmó en un segundo a los dos centinelas que estaban custodiándolo, y luego salió del cuerpo de guardia y unió su voz a la de Villar en momento y modo tan oportunos, que mientras el comandante reducía al orden a los soldados, él hacía otro tanto con los aspirantes.

Al despejarse el frente de la Sala de Banderas, el general García Peña descubrió, con gran sorpresa, cómo estaba detenido allí Gustavo Madero, y mayor todavía fue su asombro cuando el hermano del presidente le dijo que en ese sitio había estado preso desde poco después de las cuatro de la mañana. También en aquel momento bajaron al patio central el mayor del 24° Batallón y los treinta hombres que el Ministro de la Guerra había pedido a Morelos al separarse de éste en la azotea.

Se restableció el orden. La extraordinaria presencia de ánimo y el irresistible prestigio militar del Comandante de la Plaza habían convertido en cosa de milagro los frutos de la disciplina. Reunidos en el patio del centro los aspirantes, el general Villar los arengó; les reprendió su proceder, y más que el suyo, el de sus jefes; les citó como ejemplo la conducta de los humildes soldados que él había tenido que ir a sacar de los cuarteles para defender las instituciones, puestas en peligro por los más capaces de entenderlas y apreciarlas. En seguida los hizo desfilar, junto con los oficiales y soldados rebeldes, y luego dispuso que todos quedaran presos en las cocheras, a la vez que ordenaba que la tropa leal se distribuyera convenientemente, atenta a lo que pudiera ocurrir.

A poco de quedar sometida la guardia de la Puerta de Honor, el general Villar había ordenado al mayor Torrea que por el cuartel de Zapadores saliese con su escuadrón y desfilara frente a Palacio. Torrea formó a sus hombres en batalla, apoyada su izquierda en la Puerta Central y extendida su derecha hacia el norte, hasta la Puerta Mariana, con lo cual, mientras se tomaban otras providencias, el palacio quedó apercibido contra el ataque que seguramente vendría a hacerle la columna de Mondragón.

El señor Madero, despierto desde la madrugada en el Castillo de Chapultepec, no había dejado de considerar cuantos datos le llegaban acerca de la situación, y esperaba tranquilo la hora de salir a la calle para rehacer públicamente la autoridad de su gobierno. Tan cierto estaba de que aquella asonada era sólo obra de unos cuantos militares, y golpe en el que nada tenían que ver ni el pueblo ni la mayoría del ejército, que a primera hora mandó que se levantara y viniera a verlo el teniente coronel Víctor Hernández Covarrubias, director del Colegio Militar, a quien dijo, más o menos, estas palabras:

«Teniente coronel, la Escuela de Aspirantes, una parte de la guarnición, algunos civiles y otros grupos militares se han sublevado contra el gobierno. La situación, sin embargo, está dominada. Sírvase usted alistar al Colegio Militar para que me acompañe por las calles de México en columna de honor. ¿Oye usted los disparos que allá suenan? Pues son las tropas leales que terminan con la sublevación.»

El director del Colegio dispuso que inmediatamente formaran las dos compañías de alumnos, a las cuales municionó para que en cualquier momento pudieran entrar en combate, y mandó que se pusieran en un carro las municiones sobrantes, una ametralladora y dos fusiles Rexer.

Cerca de las seis y media llegaron a Chapultepec el Gobernador del Distrito y el Inspector General de Policía. De acuerdo los dos, habían tomado ya las medidas necesarias para que se reconcentraran al pie del castillo los dos batallones de Seguridad y los dos regimientos de la Gendarmería Montada, que estarían así en buen sitio para el caso de que los sublevados intentaran alguna sorpresa por aquella parte.

El presidente contó entonces a Emiliano López Figueroa que tenía pensado dirigirse a México sin más escolta que el Colegio Militar. El Inspector le respondió que le parecía bien, sobre todo si, como lo esperaba, iban reforzados los alumnos por las fuerzas de Seguridad, y si de ellas se tomaban las secciones necesarias para formar la descubierta. Pero dijo también que tenía noticias de que por lo menos un oficial del Colegio Militar había asistido un día antes a las juntas de conspiradores de Tacubaya. Entonces el presidente, aunque incrédulo, ordenó a López Figueroa ir a «semblantear» al teniente coronel Víctor Hernández Covarrubias, y minutos después, el Inspector, tras de bajar a la terraza y cumplir lo que el señor Madero le había ordenado, regresó a informarle, en términos categóricos y absolutos, que el Colegio Militar no mancharía nunca la limpia ejecutoria heredada de su tradición.

Minutos después telefoneó a Chapultepec el Ministro de Comunicaciones, Manuel Bonilla, que acababa de recibir aviso de estarse librando un encuentro en las cercanías de la Escuela Industrial de Huérfanos, y de que ya había sido libertado el general Reyes, el cual encabezaba en persona la sublevación. Pasadas las siete, llegó el Ministro de la Guerra, todavía sangrante el rostro, y relató al señor Madero las circunstancias en que acababa de ser recobrado Palacio, adonde, a su juicio, el Presidente de la República se debía trasladar, pues allí estaba el asiento de su gobierno. A las siete y media, o algo más tarde, llamó el director de la Penitenciaría, don Octaviano Liceaga, que quería hablar con el Gobernador del Distrito. Puesto González Garza al teléfono, Liceaga le dijo:

«Frente a esta prisión se halla en actitud amenazante, con toda su artillería, el general Mondragón, acompañado del general Reyes, y los dos me exigen la inmediata libertad de Félix Díaz. No tengo para defenderme más que veinte hombres. Creo que la resistencia y cualquier sacrificio serían inútiles. Ordéneme usted lo que deba hacer.»

Trasmitió González Garza al presidente las palabras de Liceaga, y como en ese momento estaban dándose las últimas disposiciones para emprender la marcha hacia el centro de la ciudad, pareció útil entretener a los sublevados frente a la Penitenciaría, a fin de que no pudieran llegar al Zócalo antes que el señor Madero. Contestóse, pues, a Liceaga que procurara resistir cuanto le fuera dable, pero sin sacrificar a la guardia, y que retuviera allí a Mondragón y Reyes valiéndose de pretextos y subterfugios.

VIII. COMBATE EN EL ZÓCALO

La columna de sublevados que iba de Santiago hacia la Penitenciaría no había encontrado en su marcha ningún tropiezo. Al pasar por la antigua Escuela Correccional, el destacamento que allí estaba, aparentemente hostil en un principio, se le unió. Lo mismo hicieron, más allá, unos cuantos hombres salidos de Teresitas, y luego, entrando en la plaza de la Penitenciaría, treinta o cuarenta artilleros que, al mando de un capitán, habían abandonado los cuarteles de San Lázaro y esperaban desde horas antes ocultos detrás de unas tapias.

Ya al pie de la prisión, hubo temores de que tirotearan a la columna los centinelas apostados en la azotea del edificio, y aun se oyeron algunos disparos, o se creyó oírlos. Pero pronto se comprendió que aquello no podía ser, pues casi en el acto mismo de llegar los sublevados se abrió un balcón de la planta alta y apareció allí, inquiriendo de muy buen modo lo que sucedía, un hijo del director del establecimiento. Acercándose unos pasos, don Bernardo le dijo que quería hablar con el director, para exigir la inmediata entrega del general Félix Díaz y otros reos políticos que allí se guardaban, y añadió que era inútil toda resistencia, pues él y los generales Mondragón y Ruiz, que estaban a su lado, traían fuerzas de las tres armas en número bastante para hacerse obedecer.

Fue el hijo de Liceaga a llevar el mensaje que le confiaban y quedaron los alzados aguardando la respuesta. Pero como transcurrieron varios minutos sin que el director se presentara a parlamentar, don Bernardo y Mondragón, impacientes por el retraso con que todo venía haciéndose desde la madrugada, se acercaron a la puerta, desmontaron y entraron a formular en persona sus demandas.

Liceaga, que ya había hablado por teléfono con González Garza y tenía recibidas órdenes de Chapultepec, opuso reparos y dificultades: decía no poder comprometerse a nada sin previa consulta con sus superiores; pedía que se llenaran ciertos requisitos; quería que le extendieran un recibo en que se consignara que entregaba a los prisioneros bajo la acción de la fuerza, y así consiguió que pasara algún tiempo. Esto, sin embargo, no se prolongó mucho, porque al ir Reyes y Mondragón arreciando en su exigencia, Liceaga hubo de avenirse poco a poco, y, al fin, mandó a Félix Díaz aviso de que se alistase para salir a la calle. Una circunstancia favoreció a la postre, aunque brevemente, el propósito del director, y fue que Félix Díaz, temeroso de alguna estratagema, pidió que Liceaga mismo fuera a comunicarle que se le dejara libre, lo que dio pie a que se consumieran varios minutos más.

En previsión no ya sólo de que se negara la libertad de Félix Díaz, sino de que don Bernardo y Mondragón se quedaran dentro, Ruiz dispuso que el teniente coronel Aguillón emplazara cuatro cañones contra las puertas y ventanas del edificio y que el coronel Anaya distribuyera convenientemente las fuerzas montadas. Antes que eso se terminara, Félix Díaz salió al balcón, y desde allí recomendó calma a sus partidarios, les pidió que aguardaran, y les aseguró que a los pocos minutos quedaría libre y saldría a reunirse con todos. Se alteró entonces un tanto la disposición agresiva de la columna y se formó, desde la puerta de la prisión hasta el centro de la plaza, que era donde estaba la plana mayor de los sublevados, una valla de artilleros y aspirantes.

Por fin, tras mucho esperar, aparecieron de nuevo en la puerta los generales Reyes y Mondragón, ahora acompañados de Félix Díaz y otros dos presos, don Pablo Lavín y don Enrique Adame. Al verlos, los sublevados los acogieron con vivas, dianas y una que otra descarga que hacían al aire los más entusiastas. Inmediatamente después, mas no sin que don Bernardo advirtiera cómo no debían gastarse en salvas las municiones, montó Félix Díaz en el caballo que le traían dispuesto y se tocó llamada de honor.

Reunidos a deliberar los principales jefes, opinó don Bernardo que era urgente marchar sobre Palacio; y estaba considerando las providencias que, a su juicio, debían dictarse, cuando se recibieron informes contradictorios de lo que allá ocurría. El doctor Enrique Gómez y el joven Alejandro Reyes llegaron diciendo que había peligro de que Palacio cayera otra vez en manos del gobierno, pero que todavía se conservaba, con Gustavo Madero y el Ministro de la Guerra presos. A la vez, varios aspirantes traían la noticia de que Palacio ya había sido recobrado por el general Villar. Así, se decidió que el general Ruiz y el coronel Anaya se adelantaran a explorar con el Primer Regimiento de Caballería, y que, entre tanto, el grueso de la columna se pusiera en condiciones de emprender la marcha lo antes posible.

Ruiz y su gente se lanzaron al galope y vinieron a desembocar en el Zócalo, por la esquina de la calle de la Moneda, cuando ya el general Villar estaba pronto al encuentro con los rebeldes. Apoyado en el brazo del general José Delgado, que había venido a incorporársele, igual que los generales Felipe Mier y Eduardo Caus, el Comandante Militar de la Plaza esperaba de pie al borde de la acera, delante de la puerta del centro, entre dos ametralladoras que había hecho instalar junto a cada uno de los garitones, y un poco al frente del grupo que formaban el mayor Malagamba, ayudante suyo, el intendente de Palacio, don Adolfo Bassó, y dos empleados del Departamento de Marina —Muñoz Jiménez y Carlos Romero— que acababan de presentarse ofreciéndole sus servicios, y que también quedaron como ayudantes en vista de que se negaban a separarse de él.

Serían las ocho de la mañana. La plaza, con mayor concurrencia que de costumbre, pues los curiosos acudían de todas partes y se sumaban a la gente —hombres, mujeres y niños— que llegaba a oír misa en la catedral, no había podido despejarse sino a medias y sólo en el trecho comprendido entre la acera de Palacio y los jardines. Torrea y su escuadrón no estaban ya formados entre la Puerta Mariana y la Central, sino que habían ido a tenderse en orden de batalla al sur de la plaza, junto al edificio de «La Colmena». Desde allí, según las órdenes del general Villar, aquella tropa dominaba la calle de la Acequia, por donde también podían venir fuerzas sublevadas. Los sesenta hombres del 24° Batallón, a las órdenes del mayor Castro Argüelles, estaban alineados en dos filas, pecho y rodilla en tierra, entre la Puerta de Honor y la Central. Entre ésta y la Puerta Mariana se hallaban ahora, con una fila rodilla en tierra a lo largo de la pared, y otra pecho a tierra a cuatro o cinco metros de la acera, los sesenta soldados del 20° Batallón, al mando del coronel Morelos. Frente a la puerta del centro, además, hacía las veces de escolta del general Villar un piquete de quince hombres del 16° Regimiento, mandado por el teniente Ortíz.

La aparición del general Ruiz y sus hombres por la esquina de la Moneda aconteció en los momentos en que el escuadrón de Torrea, al otro extremo de la plaza, estaba desmontando y se disponía a encadenar la caballada en la calle contigua, para quedar mejor apercibido a la defensa. Los dragones permanecieron entonces al pie de sus caballos, mientras, frente por frente de ellos, desde el otro lado, la columna rebelde se empezó a mover entre la expectación curiosa de la multitud del jardín y la actitud decidida de las fuerzas defensoras. La figura de Ruiz —corpulento, sombrero negro de alas anchas, traje de caqui— se veía avanzar unos cuantos pasos adelante del coronel Anaya. Lo precedía una descubierta como de doce soldados; lo seguía, en columna de viaje por cuatro, la mayor parte del Primer Regimiento de Caballería, con algunos grupos de paisanos a pie. Serían en conjunto unos 200 o 250 hombres que doblaron por la esquina y siguieron luego diagonalmente entre Palacio y el jardín hasta venir a quedar Ruiz y Anaya a la altura de la puerta del centro.

Sin soltar el brazo del general Delgado, Villar adelantó resueltamente dos o tres metros hacia Ruiz, y éste, al verlo, atravesó casi toda la calle, hasta llegar a él. Una vez allí, lo saludó y lo invitó formalmente a sumarse al movimiento. «Contamos —le dijo— con grandes elementos, con hombres, cañones y armas de todas clases; aparte las tropas que me acompañan, por sí solas más fuertes que las que defienden Palacio, otras de las tres armas vienen detrás de mí, con los generales Félix Díaz, Bernardo Reyes y Manuel Mondragón.» Villar le contestó que no estaba en sus hábitos militares defeccionar, ni menos traicionar; que por ningún motivo sería desleal al gobierno del señor Madero, Presidente Constitucional de la República; que a los militares no les tocaba criticar a los poderes constituidos, ni menos entrometerse en la marcha de la política, y que, por lo tanto, su deber le mandaba sostener al gobierno y defenderlo aun a costa de la vida. Y acabando de dirigirle estas palabras, le cogió con violencia las riendas del caballo y le ordenó desmontar y darse preso.

Sin ánimo ni razones que oponer a la elocuente severidad del Comandante de la Plaza, Ruiz se limitaba a no moverse del caballo. Pero entonces Villar, que esperaba verse atacado de súbito por el grueso del enemigo, le echó rudamente en cara su conducta y a fuerza lo hizo apearse, con ayuda de Argüelles y Malagamba, en los precisos momentos en que Ruiz, para defenderse, alargaba la mano hasta una de las pistolas que traía en el arnés del albardón. En seguida, cogiéndolo Villar por el brazo derecho, lo condujo hasta el cubo de la puerta y allí lo entregó preso al general Caus, más diez hombres que lo custodiaran.

Preso Ruiz, el Comandante de la Plaza intentó hacer lo mismo con el coronel Anaya, que seguía al otro lado de la calle y sin disponer nada en defensa de su jefe. Pero Anaya no se acercó, sino que se mantuvo firme entre los 200 hombres que traía, y no se movió de allí, indeciso entre avanzar, retroceder o esperar. Hubo, pues, que dejarlo donde estaba, atenta la necesidad de no romper el fuego mientras no se presentara dentro de la plaza el cuerpo principal de los sublevados, que era lo que Villar se proponía. Y así concluyó la misión exploradora del general Ruiz.

Mientras tanto, el grueso de la columna rebelde, que había tenido tiempo de avanzar desde la Penitenciaría hasta la calle de Santa Teresa y rebasarla, estaba ya con la vanguardia a un costado de Palacio, frente a la puerta de la Secretaría de Guerra.

Un jinete se acercó allí al general Reyes y le informó que Palacio había vuelto a quedar en poder del gobierno y que acababan de coger prisionero al general Ruiz. Sin escucharlo, o como si no lo oyese, don Bernardo siguió adelante, pues aquella ansia suya de dejar la prisión y salir a pelear parecía haberse convertido, ahora que se veía libre, en el solo impulso de su vida, en la concreción impaciente del ardor que lo dominaba desde esa madrugada. La necesidad de llegar, ver y vencer en forma que no dejara a nadie duda sobre su capacidad o sobre su valor, como que le ponía por delante una visión fascinadora. A su hijo Rodolfo, que le señaló la conveniencia de esperar, de no aventurarse sin recibir informes precisos de lo que estaba sucediendo, le contestó que la columna sí podía detenerse, él no: había que acabar, había que decidir de una vez, y a cualquier precio, lo que fuera. Alzándose, pues, sobre los estribos, gritó de modo que lo oyesen cuantos lo rodeaban: «¡Señores, el fuego va a comenzar: que se aparten los no combatientes!» Y fue sencillo su gesto y magnífica su voz.

Llegaron en eso hasta la vanguardia de la columna Mondragón y Félix Díaz, y enterados de lo que pasaba, también trataron de contener a don Bernardo. Él, sordo a todo, picó espuelas y partió al galope, seguido por un grupo de aspirantes, por varios jefes y oficiales —Trías, Zozaya, Armiño, Martín Gutiérrez— y por un grupo de civiles —Espinosa de los Monteros, Ocón, Bonales Sandoval, Pérez de León y otros muchos— todo en un haz de infantes y jinetes desordenado y compacto.

Viéndolo ir, Mondragón y Félix Díaz se acercaron a Rodolfo Reyes y le encarecieron la necesidad de que alcanzara a su padre y lo convenciera de su error. Tras él se lanzó Rodolfo, cuando ya él iba volviendo la esquina, y consiguió igualársele frente a la Puerta Mariana; pero no obstante que le suplicó, y le rogó, y puso mano en la brida del caballo, en nada varió don Bernardo su determinación. Más excitado que antes, contestó que no se detendría, que era Rodolfo quien debía detenerse y apartarse, él a cuyo cuidado estaba, cosa urgente, ir a conseguir la impresión del manifiesto que le había dictado el día antes; y volvió a espolear el caballo sin mirar atrás.

Cabalgó don Bernardo frente a la doble fila de soldados

del 20° Batallón. Bien sentado en la montura, lo reconoció a lo lejos, por el modo de llevar los brazos, el general Villar. Lo envolvía, o poco menos, el grupo de gente montada y a pie que venía siguiéndolo desde la calle de la Moneda, más algunos otros paisanos y militares que a cada paso se le agregaban: aspirantes, artilleros, partidarios entusiastas, simples curiosos.

Metros antes de la puerta del centro vino a alcanzarlo el general Velázquez, y en vano intentó hacerlo retroceder. Descubrió entonces don Bernardo que Villar lo esperaba al borde de la acera y que salía luego hasta media calle a marcarle el alto. Frente a frente los dos, le dijo, sin dejar de cabalgar: «¡Ríndase usted!», a lo que Villar, recogiéndose otra vez hacia la puerta, le contestó: «¡El que se ha de rendir es usted!» Y sucedió en ese momento, desconcertado el grupo de los rebeldes por la respuesta del defensor de Palacio, que algunos de ellos levantaron las armas, y que don Bernardo intentó con la mano contener al oficial o aspirante que tenía más cerca, mientras con el cuerpo hacía al Comandante de la Plaza ademán de que esperase; pero como al mismo tiempo continuara avanzando hasta echar el caballo casi encima de una de las ametralladoras, se vio que trataba de envolver con su gente al general Villar. Rodolfo, que estaba detrás, le gritó entonces: «¡Te matan!», y él respondió: «¡Pero no por la espalda!»; y como si aquello hubiese sido la orden de fuego, uno de los hombres que lo seguían disparó sobre los soldados del 20° Batallón, que contestaron; y en un instante prendió la lucha desde uno hasta otro extremo de las fuerzas contendientes. Con los soldados del 20° dispararon los del

24° y la escolta del 16°, y el escuadrón de Torrea, y una de las ametralladoras, manejada por Bassó; y de la otra parte hicieron fuego el grupo de rebeldes, paisanos y militares, que venían con don Bernardo, los 200 hombres de Anaya y las fracciones de fuerza sublevada —entonces se descubrió que las había— parapetadas en lo alto de «La Colmena» y en las torres de la catedral.

Los soldados del 20° y del 24° reclutas los más, cedieron al principio y se movieron sobre la puerta del centro, donde personalmente peleaba Villar; pero rehechos en seguida bajo la acción alentadora o enérgica con que él los volvió a sus líneas, se sobrepusieron pronto a los rebeldes. Rechazados éstos, retrocedieron hacia la calle del Seminario, se abrigaron en los portales y acabaron por dispersarse, yendo unos a buscar refugio entre el grueso de la columna, que seguía en la Moneda bajo las órdenes de Félix Díaz y Mondragón, y alejándose otros por Plateros, por el 16 de Septiembre, por el 5 de Mayo.

El combate no duró arriba de veinte minutos. Alcanzado don Bernardo por varios tiros, uno de pistola en la cabeza y otros, de ametralladora, en las piernas, cayó casi el primero. Se le vio asirse a la crin del caballo y resbalar por el lado izquierdo sobre su hijo Rodolfo, que, aunque ileso, también cayó a tierra. A su derecha estaba herido Espinosa de los Monteros, y junto a él los aspirantes Talau y De la Peña y el licenciado Pérez de León. Resultaron también heridos el general Velázquez, el teniente Armiño y muchos otros. Entre los defensores, igualmente a los primeros disparos, salió herido el general Villar: una bala le tocó el cuello y le rompió la clavícula derecha. A su lado murió el coronel Morelos; más allá, el teniente Anaya. Estaba herido el mayor Malagamba, y la misma suerte habían corrido otros muchos oficiales. Entre heridos y muertos, la fuerza del 20° y el 24° sufrió 28 bajas, y el escuadrón de Torrea 15. De los rebeldes, yacían por tierra, militares unos, paisanos otros, no menos de 200 hombres, y fuera de los combatientes el número de las víctimas se acercaba a mil.

IX. EL COLEGIO MILITAR

Una fracción de la caballería de Anaya, que durante el encuentro había ido a parapetarse entre las pilastras del Portal de las Flores, aprovechó la confusión para dejar las filas de los sublevados y vino a unirse, al mando del capitán Jesús V. García, al escuadrón de Torrea. Aumentó esto en 50 o 60 hombres el efectivo de los leales situados en la acera de La Colmena, pero dio lugar, cuando ya todos los rebeldes huían dispersos, a que los defensores de la acera de Palacio, sin comprender bien lo que ocurría, dirigieran parte de sus proyectiles tan cerca de La Colmena, que Torrea empezó a padecer por eso nuevas bajas. Aquello hubiera asumido graves proporciones a no ser porque el jefe del escuadrón, de una parte, y Villar de la otra, mandaron tocar alto el fuego.

Sin enemigo al frente, ni tropas bastantes para perseguir a los que huían, Villar comprendió que acaso vinieran sobre él en nuevo ataque, y ya no tan desapercibidas como las otras, las fuerzas que Félix Díaz y Mondragón conservaban en la calle de la Moneda. Mandó, pues, levantar los cadáveres del general Reyes y del coronel Morelos, recogió sus soldados al interior del edificio, mandó cerrar las puertas y se dispuso a defenderse desde la azotea. Su plan de aniquilar a los sublevados dejándolos venir hasta Palacio se había realizado en parte, y de hecho lo dejaba victorioso; pero ahora le impedían seguir adelante las consecuencias de la impaciente temeridad —circunstancia imprevista— con que don Bernardo se había abalanzado a pelear casi solo.

El general Ruiz, los oficiales y soldados que habían defeccionado mientras montaban guardia, y los aspirantes y sus instructores, merecían recibir inmediatamente el peor de los castigos; pero recordando Villar el artículo 1338 de la Ordenanza, no sólo no dictó la terrible pena que debía aplicárseles, sino que proveyó lo necesario para que quedaran bien seguros bajo la vigilancia de los generales Caus y Mier, punto a que atendió mientras sus soldados desfilaban hacia la azotea.

Al subir él, acompañado del contraalmirante Ángel Ortiz Monasterio, del general Pedro González y de los brigadieres Francisco de P. Méndez, José González Moreno y José Delgado, todos los cuales se le habían presentado en la acera ofreciéndole sus servicios, se le acercó un ayudante del general Villarreal, quien enviaba a decir que había tomado el mando de la Ciudadela y esperaba órdenes. Villar contestó que el general Villarreal debía, y que tal era la orden, sostenerse allá, y defender el punto, hasta morir, con los refuerzos que ya se le mandaban.

Mientras Villar iba así, subiendo las escaleras y dando órdenes, los médicos Samuel Silva y Abel Ortega, que lo seguían, redoblaban sus instancias para que se detuviera un momento y se dejara curar, pero él los apartaba con la mano y de cuando en cuando se interrumpía para repetirles que primero estaban las exigencias del servicio. En la azotea mandó repartir a sus soldados municiones de las quitadas a los aspirantes. Formó una cadena de tiradores, con el centro sobre la plaza y los extremos hacia el norte y el sur, al mando del teniente coronel Félix C. Manjarrez y del mayor Castro Argüelles. Ordenó a su ayudante el mayor Malagamba, herido cuatro veces, que se retirara al Hospital Militar. En eso, alguien vino a decirle que los sublevados habían conseguido tomarle la posición a retaguardia, por el cuartel de Zapadores; y a punto estaba de dictar medidas con que enfrentarse a este otro peligro, cuando un capitán, Francisco Jáuregui, le trajo el informe de que el mayor Torrea y su tropa se habían reconcentrado de nuevo en aquel cuartel, donde quedaban en situación de defenderse y en espera de lo que se les ordenase.

Dispuso entonces Villar que pasara a tomar el mando de Zapadores el general Agustín Sanginés (que también se le había presentado), y a poco llegó Torrea a rendirle parte personalmente. Le habló del buen comportamiento de los capitanes Ángel Morales y Pablo Zayas Jarero, de los tenientes Manuel Leyva Santillán y Manuel Carrera, de los subtenientes Mario Domínguez, Agustín González Castrejón, Leobardo Anaya y Eduardo Kraus y del sargento Vicente Sotomayor. Casi sin aliento por la pérdida de sangre y la fatiga, Villar se hallaba sentado en un pretil. Felicitó a Torrea por la conducta que había observado desde la madrugada, y por la de toda su gente, y le mandó estar pronto para salir al desempeño de otro servicio, pues se proponía organizar una columna que marchara a la Ciudadela en auxilio de Villarreal. Mientras tanto, los médicos seguían en su empeño de curarle las heridas, pero él, lejos de consentirlo, sólo atendía a los oficiales que le traían informes sobre los movimientos de las tropas sublevadas.

En Chapultepec, el señor Madero, ya a caballo, y poco antes de la hora en que aparecería frente a Palacio el general Gregorio Ruiz, había arengado a los alumnos del Colegio Militar, que lo oyeron armados y municionados para servirle de escolta hasta la Ciudad de México. «Ha ocurrido —les dijo— una sublevación, y en ella la Escuela de Aspirantes, arrastrada por oficiales indignos de su uniforme, ha echado por tierra el honor de la juventud del ejército. Este error sólo puede enmendarlo otra parte de la juventud militar, y por eso vengo a ponerme en manos de este colegio, cuyo apego a la disciplina y al deber no se ha desmentido nunca. Os invito a que me acompañéis en columna de honor hasta las puertas de Palacio, asaltado esta madrugada por los aspirantes y sus oficiales y vuelto otra vez a poder del gobierno gracias a la energía del Comandante Militar de la Plaza, que ha sabido reducir al orden a los revoltosos.»

Breve, elocuente por su dignidad y su emoción contenida, la arenga del señor Madero hizo de las dos compañías de alumnos que lo escuchaban un cuerpo unánime. El director, Víctor Hernández Covarrubias, contestó con palabras de encomio para el colegio, cuya sola fama lo definía, y de agradecimiento para el jefe del Estado, que, comprendiéndolo así, no dudaba de que los cadetes lo escudarían con su lealtad. En seguida, dirigiéndose a éstos, y alzando más la voz, resumió en un vítor lo expresado por el señor Madero y lo que él acababa de contestar:

—¡Viva el Presidente de la República!

Lacónicos y solemnes, como con una sola voz, los alumnos respondieron:

—¡Viva!

E inmediatamente se ordenó la marcha.

No en columna de honor, según el presidente lo esperaba, sino por el flanco doblando —dos filas a la derecha, dos a la izquierda y el presidente en medio—, el Colegio Militar bajó del castillo y tomó el camino de la Reforma. Llevaba como vanguardia las secciones de Seguridad que se habían reconcentrado en el bosque, al pie del cerro, y un escuadrón de la Gendarmería Montada, al mando del mayor Ernesto Ortiz. Además del director del colegio, con el presidente iba a caballo el Ministro de Comunicaciones, Manuel Bonilla. Lo seguían, unos a pie, otros en automóvil, García Peña, Pino Suárez, López Figueroa, Federico González Garza y los ayudantes que sucesivamente habían venido presentándose: Garmendia, Montes, Casarín, Margáin, Vázquez Schiaffino.

Dos veces, ya iniciada la marcha, preguntó el señor Madero a Hernández Covarrubias si no era posible que el colegio formara en columna de honor, pues eso era más adecuado al fin que él se proponía; pero Hernández Covarrubias le contestó pidiéndole permiso para que el colegio siguiera como iba, por ser la formación en fila, a ambos lados del paseo, la que recomendaban las circunstancias. Respetuoso del deber de los otros, el presidente no insistió y aun consideró útil a su propósito la disposición que llevaban, porque al desfilar los cadetes al borde de una y otra aceras empezaban a oír aplausos y aclamaciones de la gente del pueblo que acudía a unírseles.

Era como si se hubiese corrido la voz: de todas partes surgían amigos, partidarios entusiastas, funcionarios del gobierno. Hacia el Café Colón se incorporaron Rafael Hernández y Ernesto Madero. Un poco más allá bajó de un coche de alquiler y se unió a la columna —ocultos los ojos por sus gafas oscuras y casi todo el cuerpo por su abrigo negro— el general Victoriano Huerta. En la Plaza de la Reforma se incorporó a las fuerzas, armado y municionado como tropa de infantería, el Cuerpo de Bomberos; más allá, otras secciones de la Gendarmería Montada y de los batallones de Seguridad. Y así fueron creciendo, en el trayecto de la Avenida Juárez, el volumen de la columna y el calor con que la envolvía el entusiasmo público. A la altura de la Alameda, eran ya numerosos los grupos de maderistas militantes y de simples ciudadanos que pedían armas. Una muchedumbre de afiliados al Partido Constitucional Progresista, con bandera desplegada y Mariano Duque a la cabeza, se agolpaba detrás del señor Madero y excitaba al pueblo a armarse y defenderse.

Se tenía decidido seguir hacia Palacio por la Avenida del Cinco de Mayo; pero al rebasar la vanguardia de la columna las obras del Teatro Nacional se oyó de pronto, hacia el centro, nutrido fuego de fusilería (era el combate con los alzados del general Bernardo Reyes), por lo que se mandó hacer alto. A poco se vieron cruzar por San Juan de Letrán, hacia la calle de la Independencia, caballos sin jinetes y, minutos después, soldados de caballería que pasaban huyendo. Como todo eso produjo en la columna cierta confusión, se hizo ver al señor Madero que no debía seguir adelante mientras no se explorara el camino hasta Palacio y hubiera seguridad de dominar las calles próximas.

Desmontó el presidente en espera de que se llevara a cabo lo que los militares aconsejaban, y él y las personas que lo seguían de cerca se replegaron, entre la esquina del Cinco de Mayo y la de San Francisco, sobre la acera oriente de la calle que por ese lado limita al teatro. Allí se discutió, entre mucho desorden, si el señor Madero debía continuar hasta Palacio o regresar a Chapultepec. El Ministro de la Guerra y don Manuel Bonilla opinaban que había que seguir. El general Huerta aconsejaba volver, porque al Presidente de la República no incumbía en ningún caso exponerse de aquel modo.

Estando ellos en su deliberación, un tiro, hecho al parecer desde los balcones de «La Mutua», derribó al gendarme que se hallaba, casi al lado del presidente, entre el general García Peña y don Manuel Bonilla. (Eran, probablemente, disparos de un grupo de rebeldes, fugitivos del Zócalo, que el capitán José Tapia había logrado medio organizar en el Cinco de Mayo, y que de allí tomó por el Correo hacia la calle de Mina.) Se advirtió también que una fracción de la Gendarmería Montada se separaba de la columna y partía al galope por San Juan de Letrán, a la vez que por allá seguían pasando en franca huida jinetes y caballos sueltos. Se despachó entonces a Garmendia —que vestía de paisano— a traer noticias exactas de la situación de Palacio, y alguien aconsejó que mientras la información llegaba, el presidente debía abrigarse en el Teatro nacional o en alguno de los edificios inmediatos. Consintiendo en ello, mandó él pedir permiso de que lo dejaran entrar en la casa ocupada por la Fotografía Daguerre.

Aquello, sin embargo, no bastaba. Urgía tomar alguna determinación eficaz. El Ministro de la Guerra nada acertaba a disponer. Huerta seguía insistiendo en que se hiciera esto y lo otro, que el Ministro no aprobaba. Por fin, seguro Huerta de que allí tenía que imponerse el hombre de mayor audacia, dijo al señor Madero:

—¿Me permite usted, señor presidente, que me haga cargo de todas estas fuerzas, para disponer lo necesario en defensa de usted y de su gobierno?

El Ministro de la Guerra, tal vez por demasiado acatamiento a la autoridad del presidente, a quien Huerta, con olvido de la disciplina y de las jerarquías, formulaba la pregunta, no hizo la menor observación, y como tampoco dijeron nada los otros ministros allí presentes, el señor Madero asintió, a impulsos quizá de su inclinación a buscar siempre el buen móvil en todos los actos de los hombres.

Dentro de la Fotografía Daguerre, Huerta volvió a insistir en que el presidente regresara a Chapultepec, y los ministros y Gustavo Madero (que se acababa de presentar) en que debía seguirse la marcha hasta Palacio. Se ordenó entonces la división del Colegio Militar en tres fracciones: una, al mando del mayor Tomás Marín, que avanzara por el Cinco de Mayo; otra, a las órdenes del capitán Federico Dávalos, que seguiría por San Francisco, la Profesa y Plateros, y la otra, al mando directo del teniente coronel Víctor Hernández Covarrubias, que iría por el 16 de Septiembre, reforzadas todas por secciones de las fuerzas de Seguridad, y la de San Francisco, también por el Cuerpo de Bomberos. Para guardar al presidente mientras se franqueaba el camino, quedarían con él, además de sus ayudantes y el Inspector General de Policía, un sargento y diez alumnos del Colegio Militar, y quince gendarmes de la Montada.

La multitud, congregada frente a la Fotografía Daguerre, vitoreaba al señor Madero. Don Manuel Bonilla salió al balcón y la arengó, diciendo que en el momento mismo iba a proseguirse la marcha, y que el presidente invitaba a todos a que lo escoltasen, para que luego se esparciera la noticia de su entrada en Palacio y del triunfo de la legalidad. Como los vítores y las aclamaciones seguían, Madero tuvo que asomarse personalmente al balcón para dar las gracias, y con él se mostraron García Peña, Huerta y otros de sus acompañantes. Desde abajo, en nombre del pueblo, Mariano Duque contestó, pidiendo armas para defender las libertades públicas, atropelladas por los sediciosos, y le tendió a don Manuel Bonilla, para que se la entregase al señor Madero, la bandera que llevaba.

Regresó en eso Gustavo Garmendia con la noticia de que Palacio estaba en poder del general Villar, éste herido, Gregorio Ruiz preso, el coronel Morelos y el general Reyes muertos, y en fuga hacia el Reloj y Donceles las tropas sublevadas que mandaban Félix Díaz y Manuel Mondragón. Al saber aquello el presidente, se retiró del balcón para disponerse a salir, y mientras bajaba a la calle, siguió Mariano Duque en su discurso, ahora de incitaciones al pueblo, a quien aconsejaba ir a quemar los periódicos responsables del envenenamiento de la opinión pública: *El Imparcial, El País, La Tribuna, Gil Blas, El Heraldo Mexicano, Multicolor.* ¿Fue también en aquellos instantes cuando Gustavo Madero aconsejó a su hermano nombrar Comandante Militar de la Plaza, supuesto que Villar estaba herido, a Victoriano Huerta? Bien por lo que Gustavo le sugería, bien por otra causa, el presidente hizo que se acercara el Ministro de la Guerra y le dijo:

—A ver qué comisión le da usted al general Huerta.

A lo que el ministro le contestó:

—Que tome el mando de la columna.

Las tres fracciones del Colegio Militar habían avanzado paralelamente hasta la Plaza de la Constitución sin otro contratiempo que unos disparos que cayeron, a retaguardia de la fracción del centro, a su paso por la Profesa.

Ya en el Zócalo todo el Colegio Militar, Hernández Covarrubias recibió informes sobre la verdadera situación de Palacio. Entró entonces en el edificio, subió a la azotea y se presentó al general Villar.

—A sus órdenes, mi general —dijo saludándolo—, y conmigo viene, completo, el Colegio Militar de Chapultepec, leal al Presidente de la República.

Emocionado, Villar quiso volverlo a oír:

—¿El Colegio de Chapultepec?

Y al escuchar de nuevo las palabras del director del colegio, dos gruesas lágrimas se le desprendieron de los ojos y le acentuaron lo encendido de la cara. En seguida, conteniendo su emoción, preguntó por el señor Madero, de quien supo que ya venía por la Avenida Juárez. Entonces se dispuso que se entregara a Hernández Covarrubias una ametralladora, para que la agregase a sus fuerzas, y le ordenó:

—Despeje usted la plaza, establezca una guardia en la puerta principal y espere allí al Presidente de la República, para que sea el Colegio de Chapultepec quien le haga los honores.

ÍNDICE

5 Muertes históricas

75 Febrero de 1913